公元787年,唐封疆大吏马总集诸子精华,编著成《意林》一书6卷,流传至今

意林:始于公元787年,距今1200余年

青春最美,梦想出发

中国式好看轻小说优鲜品牌

意林轻文库
恋之水晶系列 046

世界第一的公主殿下 公主篇

Shijie Di-yi de Gongzhu Dianxia

V（大结局）

公子小白 著
GONGZI XIAOBAI WORKS

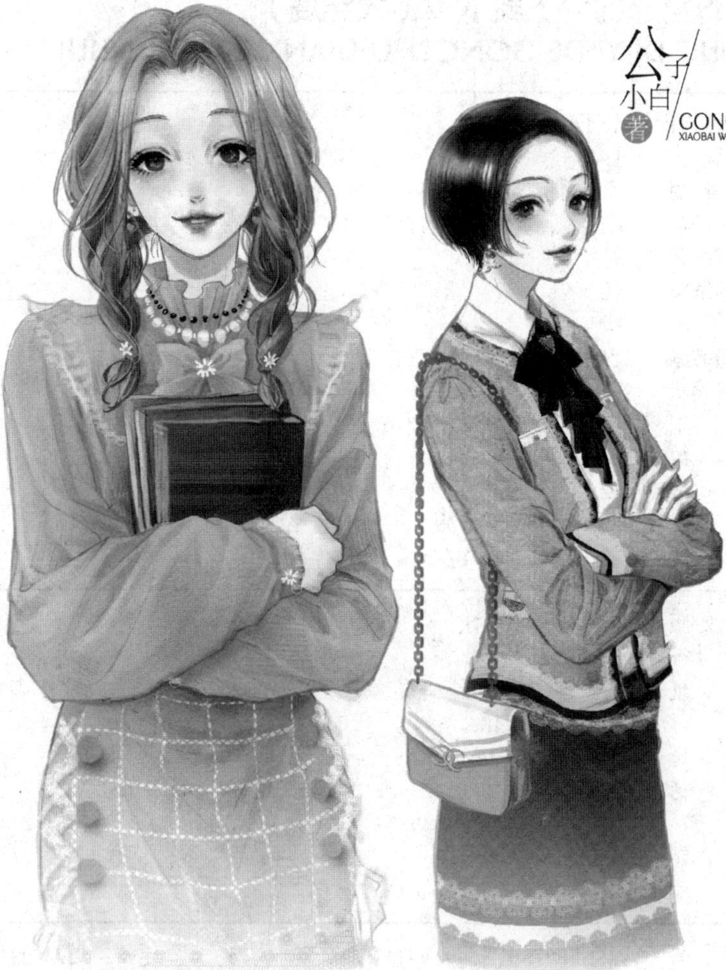

吉林摄影出版社
·长春·

图书在版编目（CIP）数据

世界第一的公主殿下 . V, 大结局 / 公子小白著 . -- 长春：吉林摄影出版社，2019.7
（意林·轻文库. 恋之水晶系列）
ISBN 978-7-5498-4112-7

Ⅰ. ①世… Ⅱ. ①公… Ⅲ. ①长篇小说 - 中国 - 当代 Ⅳ. ① I247.5

中国版本图书馆 CIP 数据核字 (2019) 第 116889 号

世界第一的公主殿下 V（大结局）
SHIJIE DI-YI DE GONGZHU DIANXIA V(DA JIEJU)

著　　者	公子小白
出 版 人	孙洪军
总 策 划	安　雅　张　星
责任编辑	施　岚　胡晓路
图书统筹	凉小葵
特约编辑	杨　宁
绘　　图	E.Pcat
书籍装帧	赵艳红
美术编辑	袁　萌
开　　本	700mm×1000mm　1/16
字　　数	300 千字
印　　张	12
版　　次	2019 年 7 月第 1 版
印　　次	2019 年 7 月第 1 次印刷

出　　版	吉林摄影出版社
发　　行	吉林摄影出版社
地　　址	长春市净月高新技术产业开发区福祉大路龙腾国际大厦 A 座 17 楼 邮编：130118
网　　址	www.jlsycbs.net
电　　话	总编办：0431-81629821 发行科：0431-81629829
经　　销	全国各地新华书店
印　　刷	天津中印联印务有限公司

书　　号　ISBN 978-7-5498-4112-7　　　　　　　定价：32.00 元

版权所有　侵权必究

如发现印装质量问题，请与印务部联系退换，电话：010-51908584

目录 Contents

001 Chapter 01
新人×职场

017 Chapter 02
意外×怪人

035 Chapter 03
明争×暗斗

053 Chapter 04
生日×出走

071 Chapter 05
考核×谜团

087 Chapter 06
淳子×Chloe

103 **Chapter 07**
邀请 × 抉择

121 **Chapter 08**
陷害 × 取舍

139 **Chapter 09**
暗恋 × 夜宴

155 **Chapter 10**
决赛 × 伙伴

169 **Chapter 11**
婚礼 × 铃兰

187 **Chapter 12**
尾声

Chapter 01
新人 × 职场

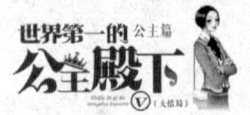

"唐小姐,您是红石艺术大学舞美专业毕业的?"

"对,我是。"

"成绩……各科综合第一名。红石艺大虽然刚成立,但治学出了名地严谨,您非常出色啊!"

"不敢当不敢当……我的同学也都很优秀,我只是更会考试而已。"

"您今年刚毕业,在校期间有没有项目实践经历?都有哪些?"

"红石高中的舞会是我协助策划的,上大学后,我在东南设计顾问所实习过半年,接触过两个完整的舞台设计项目,也策划过红石艺大的毕业晚会,在作品集的第12页,您可以看看。"

"东南设计顾问所啊,他们的实力也很强。"面试官合上作品集,视线扫向她,"为什么选择来我工作室应聘?"

放在桌上的手指收紧。

"黎薇女士一直是我的目标和敬仰的偶像,我很欣赏她的作品,在我上大学期间,也有幸和她接触过。我的很多设计理念受到她的影响,相信,能为贵事务所出一份力。"

传来笔摩擦纸面的声音。面试官在表格上填写了一些什么后,站起身,越过一张桌子与她握了握手:"好的,您的情况我已经了解了,感谢您对本公司的厚爱。面试结果会以邮件通知,相信我们会很快再见面的。"

唐桃紧张地吞了口口水,站起来。

"谢谢您。"

晚上,逸云酒店,十层西餐厅。

唐桃趴在桌子上,头发覆盖住胳膊,一脸生无可恋。

"早知道我就填'海上芭蕾师'那个项目了,里面最漂亮的那个舞池是我的方案!不比什么暑假实习红石舞会强多了?哎呀,就不应该听你的。"唐桃抬起脸,表情满是埋怨,"就是你,不让我说!"

夏炽十分放松地靠在椅背里,淡然地抿了口红酒:"你要是说了,他们去问刘媛导演怎么办?"

"问就问呗,我又没说谎。"

"可刘媛导演不一定会给你作证,毕竟卢青那个案子你是知情者,他们一直尽力瞒着，不想太招摇，更不可能再和你扯上关系。"夏炽唇边的笑容一晃即逝，"你既然有能力，何必心虚？"

唐桃可没错过他嘴角的得意。哼，就是吃醋，就是嫉妒，看不得她再翻出当年和卢希辰的回忆。

不过……她的目光扫过左手无名指上的戒指，之前的订婚戒太招摇，她和夏炽又买了一对简单的小戒指。漂亮温柔的一圈碎钻在指中闪烁，她的心忽然变得很柔软。

两人订婚不过才一个多月。之前因为夏炽工作实在太忙，今天才抽出时间庆祝。

至今回忆起那日，依旧有强烈的心跳感。

暧昧的光影里，浮动的暗香中，夏炽深红色的眸子盯着她看了一会儿，然后拿起酒杯，在她的杯沿上轻轻一碰："订婚快乐。"

唐桃脸一红，连忙抿口红酒，说："你也快乐。"

夏炽唇边笑意更浓。这时候，服务生托着骨瓷餐盘上来，低声说："您的法式煎鹅肝。"

唐桃点点头。

"焗香草海鲈鱼配香槟奶油汁。"

夏炽颔首。

唐桃早就饿了，服务生一转身就赶紧闷头吃起来。鹅肝入口即化，这家店做得很有特色，坚果的浓郁香中带有丝丝烟熏味，非常诱人。

柳原家做顶级甜点，自然对吃也很讲究，上大学这些年，藤本直树经常带她和淳子出去"猎艳"美食，一来二去，唐桃的舌头也变刁了。

"喜欢吗？"

"喜欢。"

"知道你爱吃鹅肝，特地带你来的。"

哟，学会邀功了？

唐桃的心飘得像朵云，眯起眼冲他笑着说："下次还带我来吧。"

两个人正腻腻歪歪地对视着，手机忽然一振。唐桃扫了眼屏幕，视线就定住了——"黎薇工作室"。

"怎么了？"

"可能是录取通知吧？没想到这么快就下来了！"唐桃赶紧打开手机，一目十行地扫着邮件，猛然抬头，"我被录取了！黎薇工作室！下周上班！"

夏炽若有所思："你就那么喜欢这个黎薇？"

"是啊！她是国内最厉害的舞美设计之一，手下有一百多人的团队，是个理念想法很超前的人。"唐桃满面红光地说着，"我大三那年不是得过奖吗，就是她给我颁的奖，真人长得可漂亮了，不知道她还记不记得我。"

一丝不屑掠过夏炽的脸。

唐桃三下五除二地解决掉剩下的饭菜，三个小时的晚饭时间硬给她压缩成了一个小时。吃完，她拿餐巾抹抹嘴："我得走了，他们发来好多文件，要求上班前熟悉，我要回去看书。"

"这么着急？"夏炽说，"你今天走了，之后就不容易见面了。"

此言非虚。"夏男神"的日程很拥挤，就连这顿晚饭也是从牙缝里挤出来的，十分难得。

唐桃抓住夏炽放在桌面上的手："要不你去我那儿，你工作，我看书。"

"算了，你这么爱学习，作为未婚夫的我深感欣慰。"他伸手在她的脸颊上捏了一下，"来日方长。走吧，我送你回去。"

夏炽离开后，唐桃洗漱完，穿着睡衣伸了个懒腰。

在唐桃大三的时候，徐管家给她和淳子都建了个账户，不定期会往里面打生活费，美其名曰随便花。她还挺高兴的，第一时间告诉淳子，淳子却嗤之以鼻："你又不是不知道家主那做派，就算给，能给多少？有一千块钱不错了。姐，我现在管理着两家柳原社分店，我有分红的，可有钱了！"淳子大拍胸脯道，"你钱不够就找我要，我养你！"

唐桃笑笑，当月去查账单的时候，傻眼了。

六万六千六百六十六块钱。

巨……巨款啊！

还这么吉利！

为此她还专门跑了本家一趟，总算搞清楚了。

"你一个女孩子，又在上学，我不给你钱谁给你钱？听奶奶的话，别天天穿得破破烂烂的，去买些漂亮衣服和包包，我柳原家的孩子怎么能过苦日子？你爸要是不同意，让他找我说！"

唐桃低头瞧了一眼自己的衣着——也没有破破烂烂吧？

Chapter 01
新人 × 职场

于是，在奶奶的要求下，她搬出学校，用月租金八千块的价格在市中心租了套两室一厅的公寓，一直住到现在。小区安保很好，装修精致，唐桃心疼归心疼，但还是觉得值得。毕竟夏炽有空时会来找她，两个人一起煮饭、看剧。为此，她专门把其中一间卧室改成了书房，买了护眼台灯，方便夏炽经常熬夜看文件和剧本。

此时，她趴在床上用电脑看文件，专心致志。三十页的文件全部看完，已经晚上十一点了。

手机里这时进来一条莫明雪的消息。

"面试结果出了吗？"

"出来了！我被录取了！"

"什么职务？"

"初级助理。没办法，工作室里的业务部门都要求有三年以上的工作经验，而且优先有人脉的，我都没有啊。"

莫明雪回复了一个"哦"，不置可否。

"这么晚了，你还没睡啊？"唐桃问。

"我的工作时间是上午十点到晚上十二点，哪像你这么清闲。"

莫明雪当然还在国内。她毕业后直飞美国，半个月后又回来了，说要在国内待上一年半载，宣称有家族企业的事情要忙。但唐桃猜出来了，肯定是陆长歌在国内，她舍不得，也一起回来了。

唐桃咳了一声，八卦道："你和老陆怎么样？"

"老样子，我忙，他也忙。没空。"

"你们都在国内，再忙也不至于见不了面吧？"

"你以为人人都像你和夏炽那么腻歪？"

唐桃说："好吧，我继续看资料，下周有时间出来约饭。"

"明天去逛逛商场，添置两套衣服，上班的时候记得把我送你的项链和手镯戴上。"莫明雪叮嘱着。

"为什么？"

"人靠衣装。你的新同事不一定知道你的实力，但放个烟幕弹未尝不可。"

莫明雪的话唐桃会听，毕竟人家是莫氏珠宝的唯一继承人，在处理人际关系方面可精着呢。

周一,唐桃穿着一套正式而不失休闲的小西装,蹬了一双矮跟的羊皮短靴,有些忐忑地站在前台。三个很漂亮的前台小姐姐并肩而坐,身后的墙上悬挂着"黎薇工作室"几个大字。

"你好,我是新员工唐桃,来报到的。"

一位小姐姐抬起头,脸上闪过一丝疑惑,还是微笑着说:"请出示一下证件。"

唐桃递上证件,小姐姐在电脑上查了一下,说:"原来您就是唐桃。其实上次的面试结果还没出来,您是被上面点名要的,流程要比其他人快些,报到时间也早。"

"点名要?"

"是,请跟我来。"

黎薇工作室位于市中心商务楼的15、16层,主要分为市场部、设计部和业务部等。既然是舞台美术工作室,室内装修自然非常考究,除了办公区的格子间和会议室外,大部分区域都采用无隔断的厅式设计,两米长的桌子上摆放着各式材料和文件,还有很多黎薇本人的作品模型。

"还没到上班时间吗?没什么人啊。"唐桃问。

"我们工作室讲究亲力亲为,大部分有项目的设计师都去现场了,不在这里。您看到的员工,基本上是处理业务、联系客户,做文书工作的。"小姐姐推开一扇玻璃门,说,"麻烦您在这里稍等,我去请经理过来。"

唐桃在椅子上坐下,心情还是有点儿紧张。

这间办公室是纯透明的,透过玻璃,能看见业务部门的五六名员工正在电脑前工作,个个穿得干练漂亮。以前在学校里,大部分同学的穿着都很有个性,一年四季穿自己做的衣服、戴个性夸张饰品的都大有人在。

走上社会,确实不同了。

唐桃拉了拉外套下摆,又理了理头发,经理正好从拐角走过来。

"是唐小姐吧?"

"叫我唐桃就好。"唐桃赶紧站起来,伸出手,"经理好。"

经理是个很有气质的女性,三十五六岁的样子,戴着精致的细框眼镜。她与唐桃握手,笑说:"唐小姐不用紧张,我们这儿工作氛围很轻松的,不是那种一板一眼的企业。我带你熟悉一下工作,中午一起吃个饭,认识一下同事。"

唐桃没想到对方这么和善,心里暗暗高兴:"多谢经理,我第一天上班,有做得不好的地方，还请多多包涵。"

经理笑着点头，柔和的目光落在她脸上。

午饭的时候，在同事们热情的解说下，唐桃才大致了解了状况。

她所在的部门是业务部，负责对外接洽合作和管理项目进程，而她作为一个纯新人，主要负责整理文件、总结业务需求，说白了就是打打杂。唐桃深知自己没经验，对岗位的安排完全没意见，反而听同事们讲八卦听得津津有味。

他们这个组本来有十个人，其中七个派到外地出差了，剩下两女一男，都是入职一到两年的新人。男的叫小黄，人长得高且憨厚，对唐桃很照顾，一直在给她倒果汁。其他两个女孩也差不多是同龄人，一个叫大廖一个叫小满，颜值都很高，没多久就跟唐桃混熟了。

"我来猜猜你为什么进来……"大廖说，"黎薇的粉丝，特别崇拜她，想法也和她相近，想来这儿学东西？"

唐桃很惊讶："你怎么知道？"

"哈哈哈，大家刚开始都这样。"大廖忽然笑了，"待久了你就知道了。"

唐桃还在品味"刚开始"这三个字，小满忽然从旁边凑过来，低头看她手腕上的镯子："好漂亮啊！是莫氏珠宝去年的款吧，白羊座系列，你是四月出生的？"

"嗯，是啊，朋友送的礼物。"

小满"哇"了一声："好大方的朋友，你脖子上的项链和这只手镯，加起来比我整个人都贵！"

大廖调笑："去年你男朋友不是给你买了高级手镯吗？这么快就不满足了？"

唐桃拿起果汁喝了口，没有吱声。

"重点是手指上的这个！"大廖在桌边绕了圈，忽然抓住唐桃的手，"你结婚了？"

唐桃脸一红："没有，只是订婚。"

"好幸福啊！"大廖笑着捏了捏唐桃的脸，"行了，不闲聊了，赶紧吃完午饭，还来得及在工位上趴会儿。经理最近忙得很，心情不太好，别给她抓到错处。"

唐桃点头，赶忙往嘴里塞了两口奶汁蘑菇意面。

下午，唐桃一个人在桌前整理工位，小黄帮她搬来一堆文件，又把她桌子上横着的那些布幔样品搬走。

"我们部门好久没招新人了,东西都乱放,你别介意啊。"

"不会,谢谢。"唐桃笑笑,"你在这儿工作多久了?"

"去年七月来的,刚满一年,手上的活儿也才刚熟。"

唐桃对这个皮肤偏黑的小伙很有好感,于是说:"以后工作上有不懂的问题,我还要请教你了。"

"哪儿啊,该我请教你。"他笑的时候露出一口白牙,"听说你是黎总亲自招进来的,红石艺大的高才生,以后应该你指点我。"

唐桃一愣。

"你面试那天黎总正好在公司,我帮她换水时听到的。听说你之前大学参赛得过奖,她当时就很欣赏你,看见你的名字,就直接拍板了。"

唐桃有种小粉丝被偶像认可的感觉:"真的?她有没有说什么其他的?"

"没,我也就听见这么几句。"小黄说,"这件事大廖和小满也不知道。"

一个下午很快过去,唐桃熟悉了一下公司资料,也没什么事情做。

下午六点,大廖伸伸懒腰,从工位上站起来:"东西整理完了,还有其他事吗?"

"干吗?赶着去相亲啊?"小满调侃道。

"可不是嘛,哪像你们一个订婚一个有男朋友,这么好福气。"大廖说,"走啦,有空周末一起吃个饭,今天我先撤。"

小满拿着手持小电扇吹自己的脸,背靠在椅子靠背上,忽然问:"对了,唐桃,你是本地人吗?家住哪儿啊?"

唐桃下意识想说本家的地址,思绪转了一下,说道:"我是本地的,在附近租了套房子,上班方便。"

"欸,跟我一样,不过咱们工作室名气大工资低,去掉房租,就剩不下什么钱喽。"

两个人又闲聊了两句,唐桃看经理还在开会,就起身说道:"那我也下班了。"

"嗯,走吧。"小满放下小电扇,"我也回家了,今晚韩剧更新。"

回家路上,唐桃给莫明雪打电话汇报工作。

"唐小姐,你当我这儿是私人求助热线呢?"

Chapter 01
新人 × 职场

"哎呀！找你聊聊嘛，我刚下班。"

"我没空。"

"没空你就不会接我电话了。"唐桃笑嘻嘻地说，"干吗呢？"

"从一号会议室移动到二号会议室，顺便去前台取个咖啡。第一天，怎么样？"

"挺好的，经理人很和善，同事也挺好的，跟我讲了好多公司里的事情。"

莫明雪声音淡淡的："哦？"

"有同事还认出你家的珠宝了，夸好看。"

"那是自然，这些白领眼睛毒辣得很，扫一眼，价格就估出来了。有人问你住哪儿不？"

"我没提柳原家，就说我自己租房子。"

莫明雪说："还有点儿脑子。"

"等你开完会，一起吃个饭不？"

"我这会说不好开到几点呢，通宵都有可能。"莫明雪拿起咖啡喝了一口，问，"你是去的黎薇工作室？"

"对啊，我从大学时候就特崇拜她，咋了？"

"这个女人我见过，之前谈过一次合作，没谈成……"莫明雪略一沉吟，"你自己留个心眼吧。"

唐桃还想细问，电话被挂断了。

在家简单吃了一碗泡面后，唐桃躺在床上翻来覆去睡不着——有工作了还是挺不一样的。

感觉生活步入了正轨，未来也很有冲劲。

说不定，她有一天也能成为黎薇那样的女人，让自己的设计作品遍布天下呢？

仅仅才工作两周，唐桃的那股新鲜劲便逐渐褪去，每天整理资料、写文案，时不时去创意部门搭把手。

她渐渐发现自己就是个打杂的，不止她，连入职一两年的大廖和小满也都如此。仿佛看出了她的困惑，一次午饭时大廖说："你以为一进来就能参与国际项目，天天到处飞啊？"

"没，我没这么想。"

"一开始上班大家都抱有幻想，好像自己是绝世奇才能发光发热一样，时间长了

就知道了,我们就是这个……"她用贴了钻的水晶指甲敲了敲桌上的订书机,"便宜、好用、方便。"

小满在一旁频频点头。

唐桃问:"小黄呢?"

"他去创意部帮忙搭架子了,今天他们要出个模型,搞了两个小时了。"大廖嘴角流露出一丝不屑,"自己的工作不好好做,跑去巴结别的部门……呵。"

唐桃听得不太舒服,草草吃完了自己那份三明治,说:"我去一趟洗手间,你们慢聊。"

创意部就在15楼的洗手间旁边,唐桃隔着玻璃门往里面望了望,果然有四五个人聚在一起搭架子。他们在钢管搭建的背景上模拟舞台效果,用的材料很简单,都是染色的纸张、瓶盖、布料之类的。这也是黎薇工作室的规矩,凡大项目都要在公司里保留推敲过程,以供日后回顾参考。

唐桃的心像被猫挠似的,想去看,又不好意思。这时,人群中闪过小黄的脸。

"你在做模型啊?"她推开玻璃门笑着凑过去。

"来得正好,你帮我扯住这一头。"小黄也不客气,把一截布料交给她,用胶水一点点地把它粘在背景上面,"这是新接的项目,俄罗斯芭蕾舞团的《野天鹅》,现在还在出草稿方案阶段。"

"哦,我听大廖说了,拿下这个项目挺不容易的。"

"可不是,俄罗斯排名第二的芭蕾舞团,听说我们竞标把美国的舞美设计都比下去了呢,现在全公司都对这个项目很重视。"

正聊着,走廊忽然传出一声:"小黄呢?有份文件,你送去现场给黎总!"

小黄应了一声:"等会儿吧,我这儿脱不开身。"

"叫你去你就去,又不是自己部门的事情,挤得可欢呢。"那人忍不住笑说。

小黄也嘿嘿傻笑两声,目光落向唐桃,忽然说:"你替我去吧。"

"啊?"

"今天黎总也在现场。"他挤眉弄眼,"你不是一直想见她吗?"

三十分钟后,唐桃带着资料来到×市中央剧院。

她在出门前补了妆,涂了适合的口红,还换了一双精致的高跟鞋,这是连"夏男神"都没有过的待遇。

Chapter 01
新人 × 职场

　　工作室的人都聚在舞台前开会，唐桃在门口张望了一下，没看见黎薇，她只好坐在最后一排等会议结束。远处的舞台地板上贴着白色的胶纸，几块帷幔拉起来，分割出表演空间，那是舞台设计的雏形，设计师思路最开始的地方。

　　唐桃还在出神，一只手忽然搭在她的肩上。

　　是个发型利落的女人，直直的短发落在耳鬓，乌黑柔亮，那双笑眼却很温柔，给精致的五官增添了许多女人味。唐桃还在恍神，直到她开口："唐桃？"

　　唐桃一惊："黎总好！"

　　"别这么紧张。"她在唐桃脸上一扫，笑意更浓，"你来公司半个月了吧，最近项目太忙，一直没来得及和你打招呼，不要怨我啊。"

　　"怎么会？"唐桃赶紧摇头，一时间心头闪过千言万语。她想表现得专业一点儿，满脸的仰慕之情又憋不住，只好说，"这是您的文件，我替小黄送过来。"

　　黎薇接过文件草草翻了几页，她的手指纤长，食指上戴着一颗很大的祖母绿戒指。

　　唐桃听见她说："要不要出去转转？"

　　唐桃一愣。

　　"他们正为预算扯皮呢，我听了就头大，不想去凑热闹。"黎薇友善地微笑询问，"怎么样？陪陪我？"

　　那是个难忘的下午。

　　黎薇带唐桃在中央剧场里转了一圈，中途遇到剧场负责人，还特意带她们去灯光室、控制室参观了一番，尽职尽责地讲解了许多东西。唐桃十分庆幸这次沾了黎薇的光，兴致勃勃地听着，她在大学期间没机会接触后台的东西，面对一堆密密麻麻的按钮和屏幕，有种初见新大陆的振奋感。

　　黎薇一边点头附和，一边含笑看她，没有丝毫不耐烦。唐桃抓紧时间不停地提问，还申请亲自动手操作了一番，前后过了十多分钟，才发现黎薇在看自己。

　　唐桃脸一红："不好意思，我有点儿激动。"

　　"没事，我年轻的时候跟你一样，对什么都感兴趣，就怕学不到东西。"

　　"您现在也很年轻啊。"唐桃说。

　　"被你这个小姑娘这么说，心情真复杂。"

　　唐桃内心十分雀跃，黎薇和她想象中一样，既温柔，又严谨，说话声音虽然不大，但每一句都很有分量。在唐桃的成长历程中，一直都缺乏这样一位温柔严谨的女

性,黎薇好像填补了她心中的空缺,像一位师长般循循善诱。

两个人在门口的自动售货机买了饮料,靠在剧场的栏杆边休息。这时,一位之前在剧场内开会的男人跑出来,朝这边挥手喊道:"黎总,就等您了,我们商量好了。"

黎薇点点头,对唐桃说:"不早了,你直接下班回家吧,不用回公司了。"

"好。"

"好好努力,咱们工作室最近项目多,你跟同事多学习,争取赶快上手。"

"好!"

黎薇笑笑,转身要走,唐桃忍不住问道:"我在大学的时候见过您,您还记得吗?"

黎薇转过身,黑而明亮的眸中闪过笑意:"当然,你是我钦点的。"

晚上,唐桃和莫明雪约在一家韩国烤肉馆。

诱人的烟气中,五花肉和牛肉片随着铁板的温度蜷曲,扑面而来的是满满的孜然的香味。莫明雪用长筷子翻动着牛肉,显得心不在焉,唐桃则一直在看手机,似乎在等什么消息。

莫明雪用筷子敲她的手。

"喂……你干吗?"

"说要请我吃饭,眼睛却一直盯着手机,有诚意吗?"

"我联系不上淳子,自从她说要养我之后就再也联系不上了,会不会是太忙了?"

"怕你把她吃空吧?"莫明雪揶揄道,"你这个嫡亲的女儿抛下柳原社不管,非要去学什么舞美,她能不为了你家拼搏吗?"

"行行行,莫小姐请多吃肉,少说话。"唐桃往她碗里夹了两大块肉。

两个人在同一座城市,彼此都忙,碰面的机会很少。唐桃跟莫明雪有说不完的话,边吃边聊,很快两盘肉吃光了。唐桃抬起手:"服务员,再帮我上两盘肉。"

"不怕胖啊?"莫明雪斜眼看她。

"我天天坐电脑前面打字,中午和同事一起吃意面沙拉,今天番茄明天蘑菇的,我脸都吃绿了。我需要油水,越多越好!"唐桃边说边往嘴里塞肉,又咕咚咕咚喝了两口冰可乐。

莫明雪的目光在她脸上一扫,用手撩了撩长发,问:"你和那个黎薇怎么样?"

"今天见到了,果然和我想的一样,她又漂亮又大气。你知道吗,她才三十二岁,公司都一百多人了!"

莫明雪"嗯"了一声,少见地没有讽刺她的粉丝心态。

"怎么了?每次说到黎薇你都挺微妙的。"

"怎么微妙了?"

"就是……很不赞成的样子。"

莫明雪用略显犀利的视线盯着唐桃,半晌才说道:"之前莫氏珠宝周年庆,曾举办过一次公益晚会,请的就是黎薇。当时她接了订单,定金我们也付了,结果中途设计出了各种问题,导致我们不得不另找他人。我听过一些流言……她是为了接一个更有价值的国际项目而毁约的。"

唐桃惊讶极了:"有这种事?"

"黎薇不是舞台美术专业出身,高中毕业就常在剧组里待着,比起设计师,更像个商人。你……崇拜她是好事,但别被人占了便宜还不知道。"

唐桃知道这位闺蜜从来言之有理,也不反驳,说:"我有什么便宜好占?"

莫明雪嘴角弯了弯:"也是。"

"对了,我听说陆长歌在一家国内化妆品的研发部上班?他大学双学位,还是以学校第一名荣誉毕业的,怎么跑到化妆品公司去了?"

莫明雪脸上闪过明显的无奈,她举起右手,拇指对着食指搓了搓。

"钱?"

"钱。本来美国那边有好几家药品公司对他有意,他却吊着人家胃口,打算等待遇提高了再去。正好这时国内有个校友找他,请他去化妆品公司做一年,培养团队,开的条件相当好。"莫明雪的嘴角收紧,用筷子用力地戳着烤盘上的玉米,"他也太看中钱了,什么都是钱。"

唐桃笑着说:"事业心强是好事。"

"夏炽的事业心才叫强,你们见得着吗?"

"机会不多,我有空了会去找他,或者他来我家里看书,我可以给他做夜宵。"唐桃不好意思地笑笑,"这样也蛮好的。"

莫明雪眼中神采一动,低声嘀咕:"是个好办法。"

"什么?"

"没什么。"莫明雪往她碗里夹了好几块牛肉,"你点的都吃完啊!"

之后的几天，唐桃奔波于剧场和公司，俨然成了黎薇的私人小助理。

受莫大小姐口中高深莫测的"职场观"影响，唐桃一开始怕人说她刻意讨好上司，不敢在剧场多停留，送完东西就走。去的次数多了，剧场的人都认识她，当她一大早捧着四杯咖啡赶过去时，舞台导演打趣道："哟，我们的小粉丝今天又来了。"

黎薇此时在盯着员工修改设计图，闻言一笑："我发她工资，她当然喜欢我。"

"黎总早。"唐桃很乖巧，"这是您的咖啡，卡布奇诺中杯不加糖。还有这是您的。"唐桃取出另一杯递给导演，"美式咖啡，加冰无糖。"

"哎哟哎哟，沾光了，谢谢小唐同志！"舞台导演笑得灿烂。

黎薇也点点头，转过身继续工作。

唐桃在舞台前转了一圈，舞台上搭着各式各样的模型，真东西还要等一周才能做好。她看见上次照顾他的那位灯光师，赶紧上去打招呼，又趁机问了他几个问题。

大约一个小时后，黎薇讲得口干舌燥，喝了口凉掉的咖啡，这才想起来招呼唐桃："你来。"

"黎总，什么事？"

"我们这个项目一共八个大场景，四个小场景，这是最后芭蕾舞重要部分的场景建模，你来说说，有什么看法？"

唐桃低头看了一会儿电脑上的模拟动画，说："我觉得给主角的光效还可以再强一些，虽然最后一幕有三个芭蕾舞演员，但可以用剪影处理一下动作，不然有点儿抢主角的演出。"

黎薇惊讶："你看剧本了？"

"没有，我找到芭蕾舞团之前的资料，对比着看过。这次表演加入大量多媒体，也采用了最新的灯光设备，可以把潜力更大地发挥出来。"

坐在电脑前的设计师立刻不愿意了，前后修改半个月的成果，被这个新人一句话否掉。

设计师立刻说："其他两个人怎么用剪影？他们和主角都是有互动的，面容表情都需要传达给观众。"

"那可以让他们轮流站在中间位，毕竟他们跳的是同一个人的过去、未来和现在，没有直接的互动。"唐桃耿直地说。

"你凭什么这么说？你做过几个项目？"设计师的屁股快从椅子上抬起来了。

唐桃这才反应过来，脸一白："我没说您做的不好，对不起。"

Chapter 01
新人 × 职场

黎薇在一旁失笑:"行了,知道你是资深设计师,难道新人还不能开口了?你的方案,别人说不得?"

设计师说:"黎总,我不是这个意思……"

黎薇看了眼表:"时间差不多了,唐桃,你跟我去见一个人。"

两个人来到剧院门口,正巧一辆出租车停下。里面走出一位相当俊俏的少年,黑发黑眼,身型苗条笔直,他看见黎薇就笑了:"黎总,抱歉啊,来晚了。"

唐桃的视线迅速扫过他平窄的双肩,还有牛仔裤下纤细紧绷的小腿——芭蕾演员无疑。

果不其然,黎薇介绍道:"他是林迦,俄罗斯芭蕾舞团的小红人,七岁前在中国长大,后来去俄罗斯发展了。"

"你好,我是林迦。"林迦和唐桃握手,说话很慢却很标准。

"这是唐桃,我们公司的新人,一会儿让她带你去公司转转,顺便吃晚饭。"黎薇回过头对唐桃说道,"下午就麻烦你陪同了,吃饭记得开发票,公司报销。"

唐桃连忙点头。

林迦也笑笑,一双眼睛亮晶晶的,气质卓然,与寻常人十分不同。

下午很快过去,带林迦参观完公司,唐桃预订了一家公司附近的高档中餐厅,到了餐厅才想起有资料落在公司了,她请林迦在餐厅先休息一下,自己忙跑回公司。大廖看见她,两只眼睛亮得跟狼似的,扑过来问:"那位帅哥是谁?都在公司晃一下午了。"

"林迦,是这次公司项目的芭蕾舞团成员,黎总叫我接待的。"

"哎哟,这么好的事情怎么落不到我们头上?"大廖和小满交换了一个眼神,"看来你现场没白跑啊。"

唐桃有点儿失笑,她从剧院一路陪到公司,带林迦转了三个小时,脚后跟都磨出疱了,现在反而被说得跟占了便宜似的。

大廖一脸羡慕,小满的视线在她身上扫一圈,落在唐桃手腕的铂金手环上。

"不同人不同命。"小满忽然说。

"酸什么呢,小丫头。"大廖白她一眼,对唐桃说,"别跟她一般见识,你快去吧,别让小帅哥久等了。"

吃完饭已经九点多,唐桃打车把林迦送回剧院,这才终于结束战斗回家。

洗漱完,她躺在床上刷新闻,眼睛扫了下日历,忽然想起来——明天周六啊!

唐桃兴奋地从床上弹起来,打开电脑查看夏炽的日程。他们合用一个日程管理网页,彼此的日程都能查询,夏炽这个强迫症患者每天都更新,所有安排一目了然。

"我看看,明天上午九点,开会;十点半,舞台训练;十二点到下午五点,嗯……十二点到下午五点,'柳原社'?"

唐桃正疑惑自己家柳原社怎么出现在日程上,电话就响了。

"喂。"夏炽有些慵懒的声音传来,"在干什么?"

"我在看日程呢,本来想明天约你出去玩的,你下午要去我家啊?"

"对,你奶奶叫我去吃饭,她没和你说?"

唐桃气结:"你和奶奶的关系怎么比我都好?"

"大概你奶奶有品位吧。"

唐桃笑着重新躺回床上:"欸,她说吃什么没有?"

"四川火锅,好像还是亲自下厨。"

"太好了!今天我陪那个芭蕾舞演员吃饭,他要保持身材,点的都是凉菜、生鱼片什么的,吃得我浑身难受,我需要油水!"

他的声音染上笑意:"幸亏你是吃不胖的体质。"

"嫉妒吧?"

"我嫉妒你?照照镜子吧,小姐。"

唐桃躺在床上,心里却既充实又幸福。不知不觉,已经深夜,她看一眼表:"要不要睡了?"

"嗯。早睡早起,明天还有工作。"

唐桃有点儿舍不得,还是懂事地说:"好吧,晚安。"

"没了?"

"没什么?"

"我的晚安吻呢?"

夏炽的笑意像风筝,轻轻一展,就已经飘在远远的天上。唐桃有些腼腆,犹豫了一下,对着手机轻轻亲了一下。

手机那端也传来轻轻一吻,随后,挂了电话。

唐桃把手机放在枕边,带着笑意,不一会儿就睡着了。

Chapter 02

意外 × 怪人

第二天下午，唐桃穿了一条系着缎带蝴蝶结的小黑裙，化了个淡妆，坐车来到本家。

今天父亲不在，由奶奶招待两个小辈，刚进院子就闻到一股火锅味儿，喷香又接地气，和高贵雅致的庭院格格不入。唐桃脱了鞋进去，就看见夏炽坐在房间中央的蒲团上，脊背笔挺，身材修长，好像是剪头发了，发根露出浅浅的一小截，显得很有男人味。

听见动静，他回头，深红的瞳仁中充满笑意："来了？"

"嗯，第一次画眼影失败了，花了点儿时间。"她走到夏炽身边坐下，笑，"你怎么提前到了？"

"饿了就赶紧过来了。"他的眼神在她脸上慢慢地扫过，有力度似的，唐桃被他看得脸上发痒。

"干吗看我？"

"想我没？"

声音一本正经的。

"我说不想你信吗？"

"不信。"夏炽说，"你从来不适合说谎。"

夏炽伸出手，轻而调皮地在她鼻子上一捏。唐桃赶紧甩开："一会儿奶奶该来了。"

"奶奶不介意，你们继续。"这时，头发花白的柳原家老太太从房间里走出来，怀里抱着那只白色的波斯猫，"年轻人恩恩爱爱，有什么不好？我年轻的时候可从来不介意别人的眼光。"

夏炽站起来问好，唐桃见到奶奶也很高兴，问："奶奶，我真饿了，今天是吃火锅吗？"

奶奶放下猫，盘坐在蒲团上，笑眯眯地说："嗯，四川火锅，底料和鹅肠都是空运过来的，给你们尝尝鲜。"

这位老太太鹤发童颜、精神矍铄，号称是柳原家最能吃辣的斗士。

才吃了几口，唐桃就已经辣得不行了，眼泪和汗水像瀑布一样往下流，视线模糊得看不清筷子。她问："奶奶，你这是四川火锅？"

"对啊！"奶奶慢悠悠地喝着橘子冰茶，"不好吃？"

Chapter 02
意外 × 怪人

"这也太辣了吧!"

"这点儿辣你都要叫?"

唐桃不禁想起了之前秦老爷子的吐槽,说奶奶是个木舌,所以才不怕辣的吧?她偷看一眼夏炽,对方虽在气定神闲地喝茶,却被额头上淌下的几颗汗出卖了。

唐桃嘴里麻麻辣辣的,胃里却依然饿得痒痒,于是又试探着吃了两口,居然有点儿上瘾。不多一会儿,盘子里的肉和鹅肠吃了一半,奶奶忽然问道:"囡囡,你的实习怎么样?"

"不是实习,是工作。我们正式签合同的。"

"哦,那工作怎么样?"

"挺好啊,我的公司叫黎薇工作室,董事长是我的偶像,最近一直跟在她身边学东西,特有意思。"

"哦。打算干多久?"

夏炽的视线一动,透过茶杯,淡淡地落在奶奶脸上。

唐桃这时还没听出弦外之音,答:"先干几年,把基础打牢了。我是新人,只能做些文书工作,想加入项目要等一年之后了。"

奶奶不动声色地加了块鸡腿菇到唐桃碗里,点头。

唐桃刚要吃,桌下忽然被踢了一脚。她歪过头,看见夏炽灼灼的眼神和微微蹙起的眉头,像在暗示她什么。

"怎么了?"她问。

"你真的不打算回来帮柳原社做事吗?"忽然,奶奶说。

唐桃愣住了,她看看夏炽,又看看奶奶,没太明白。

"你的专业是舞美,对舞台也有兴趣,这个奶奶知道。但假如有一天,柳原社依旧需要你,你会怎么做?"

奶奶的语调漫不经心,用长筷子在火锅里涮羊肉。唐桃盯着她看了一会儿,慢慢品出意思来,谨慎地问:"是柳原社那边有什么事吗?"

"没有,奶奶就是随口一问,你别放在心上。"转眼间,那种略带严肃的气氛又消失了,奶奶给两个小辈碗里各夹了一大块羊肉,"快,难得来一次,多吃点儿!"

出门后,唐桃心事重重。夏炽从车库里开车出来:"上车,我送你回去。"

唐桃拉住夏炽的胳膊:"你说我奶奶到底是什么意思?柳原社是不是出事了?她

从来没跟我说过这样的话,一直以来都很支持淳子。"

夏炽沉吟片刻:"你有没有联系淳子?"

"最近一直找不到她,电话是通的,没人接,奇怪了……"唐桃心神不定地想了想,说,"你先回去吧,我去找趟淳子。"

"我送你。"

"不用了,我先到柳原堂看看,不行再去淳子的公寓。你先回去吧,一有消息我就告诉你。"

她从夏炽手里接过包,匆匆离开。

柳原堂和公寓都找了,人都不在。

离开前,唐桃还特意问过淳子公寓的门卫,门卫知道她和淳子的关系,坦诚地说:"我值夜班,上次看到淳子小姐还是四天前,凌晨两点多才回家,看起来很累的样子。这几天……就不知道了。"

"好的,谢谢。"

唐桃有种说不清道不明的感觉,右眼皮从下午就开始跳。淳子总联系不上,奶奶今天又请他们吃了"鸿门宴",绝对有事发生。

她心神不宁地回到家楼下,发现走廊里的感应灯是亮着的,远处有扇防盗门开着,里面传出说话声。

那是……自己家的门!

她头皮发麻,作为资深被绑架者,她对危机的戒备意识可谓很强。

唐桃藏进消防通道,远远望着门,观察着。

谈话声不断传出,不是中文,依稀是……法语?

手机在这要命的关头没电了。这时,电梯"叮"的一声,穿着制服的门卫冲出来,还带着两名保安奔向唐桃家。

"小姐,请你立刻离开这里,你这是私闯民宅!你要是再不自己出来,我只好报警了!"

唐桃这才从消防通道闪出来,上前问道:"到底是怎么回事?"

"唐小姐,您总算回来了!"门卫看见她,脸上闪过一丝尴尬,"这位小姐说要找您,但一没预约,二没证件,我不能让她上来,她当时离开了。过了一会儿跟我说

Chapter 02
意外 × 怪人

您房间失火，我联系不上您，以防万一还是要上来看一下……哪知道刚开门，她就进去了！不走了！"

唐桃一个脑袋两个大："我没太听懂。"

"您自己看！"门卫气得脖子都红了，"您看，认不认识这个女疯子。"

唐桃于是探过头。

一个外国女人坐在自己的床上，一头金色长卷发如瀑布一样披散下来，碧蓝的眼睛，鼻梁高挺，整个人像从油画里走出来一样，美得难以形容。唐桃一看就呆住了，完全忘了自己的目的。

门卫咳嗽了两声："唐小姐……"

唐桃这才回过神，把眼睛从对方身上移开，说："我不认识……"

"听说附近在拍电影，不会是从片场跑出来的吧？"

"那你们为什么不把她拉出……"

还没问完，唐桃就明白了。那外国美女身上穿着一条银灰色的闪亮连衣裙，胸口露出一大块洁白的肌肤，双臂也裸露在外面，确实很难……下手。

"要不是您的朋友，我这就叫保安把她拉出去。"门卫说。

外国美女忽然将那双迷人的眼睛转过来，盯着唐桃看了三秒钟。随后，她挂断电话，站起来，昂着下巴，嘀咕了两句法语。

唐桃对法语一窍不通，只好硬着头皮说："Can you speak Chinese（你能说中文吗）？"

美女唇边露出一丝轻蔑，她甩了甩金色的长发，一只手放在腰上，用有些外国口音的中文说："这房子是藤本直树的？"

唐桃一怔："是又怎样？"

"你是他什么人？"

"我是他女儿。"

"很好。"美女眯起双眼，目光中流露出一丝锋利，咬着牙说，"藤本直树毁了我的家，这个债，由你这个做女儿的还！"

这场闹剧，最终以唐桃的妥协结束。

美女情绪激动，汉语也说不流利，颠三倒四就是这几句话，什么"藤本直树对不起我""你就要给我还债"之类的。这间公寓确实是以藤本直树的名字租的，她既然

能查到,说不定有些手段,再加上最近淳子和奶奶的异常举动,唐桃觉得,这位外国美女可能大有来头。

更大的麻烦还在后头。

唐桃出面安抚,门卫也不好再说什么,带着保安走了,还叮嘱她有事一定要报警。

唐桃在美女的注视中关好门。

"我是唐桃,藤本直树是我父亲,你认识我父亲?"

这位不速之客很淡定,重新在床上坐好:"何止认识?他是我的仇人。"

唐桃心里打鼓。这么漂亮的女孩子,对藤本直树这么记恨,说起来自己的母亲也去世很多年了,难道……

她脱口而出:"你是我爸的女朋友?"

"呸!谁是他女朋友?"对方忽然从床上蹦起来,"我叫Chloe,从法国来的。你爸爸要收购我家公司,我不同意,所以我来找他!"

收购公司?来闹事?什么跟什么啊?

"我没听说收购公司的事,你是一个人从法国来的?能不能跟我好好解释解释?"

美女气得翻了个白眼,她忽然把脚上的鞋子一踢,整个人往后一倒,霸占了唐桃的大床。

"我太累了,飞机飞太久,明天再说。"

话音落下,便像条死鱼一样仰躺着,不动了。

唐桃简直郁闷,她抓心挠肺地想知道事情原委,对方偏偏不说了。

不过,这位叫Chloe的美女对藤本直树的事情言之凿凿,背后一定有隐情。再加上她穿的是知名品牌的晚礼服和高跟鞋,一身行头就七八万,怎么也不像是来打家劫舍的歹徒,倒真像是什么法国的富家小姐,一时冲动就瞒着家人跑来了。

唐桃太阳穴突突直跳,自己怎么总摊上这些莫名其妙的事情。她长了个心眼,将家里的门反锁了,免得这位大小姐玩失踪。

她去书房放下东西,出来时已经听见轻微的鼾声。月光下,Chloe的睡颜越发美丽,纤尘不染,好像童话里沉睡的公主。

唐桃上网搜索了一下Chloe的名字,只有名没有姓,什么有用的资料都搜不出来。她在确定对方已经睡熟了后,才抱着被子,在书房的沙发上将就一晚。

Chapter 02
意外 × 怪人

半夜，唐桃被电话吵醒。

她迷迷糊糊地抓过手机："喂？"

"姐，你在哪儿呢？"

"淳子？"唐桃瞬间清醒了，"怎么了？"

淳子失联这么久，深夜打电话来肯定有事。唐桃瞥了眼闹钟，凌晨三点半，急切地问："是不是家里出事了？"

淳子嗓音带着诧异："你知道了？"

"我知道什么？你联系不上，奶奶那儿神神秘秘的，我这儿还摊上……唉，你现在在哪儿呢？"

"我快到你家楼下了，准备给我开门。"

"别，我家不方便。"唐桃赶紧压低声音，"这样，二十分钟后，我们在街角那家24小时咖啡厅会合。"

"什么！Chloe在你家？"

"你小声点儿！"唐桃赶紧左右看看，她和淳子是咖啡厅里仅有的两位客人。

"你还真是倒霉啊，什么牛鬼蛇神都往你家钻。"淳子往沙发里一靠，朝天翻了个白眼，"我这周简直快忙疯了，公司里的事情还没处理完就接到法国那边的通知，说他们大小姐跑国内来了。我就跟个女娲似的，哪儿漏了我往哪儿补。"

"到底怎么回事？"唐桃问，"你解释清楚。"

淳子却沉默地低下头，把玩着自己手机上挂着的毛茸茸的钥匙链。过了一会儿，她深吸口气，招手："服务员，再给我加两个蛋糕。"

"加蛋糕？"唐桃皱眉。

"不吃饱我没勇气说啊……柳原社摊上大事了。"她咕嘟咕嘟灌下一杯凉茶，"姐，你冷静听好，你老爸执意要分家，柳原社就要分裂了！"

唐桃花了整整四十分钟，才搞清楚事情的始末。

自从唐桃的母亲去世，柳原家真正掌权的共有三个人：藤本直树、徐管家、柳原家的老太太。柳原社一直在向欧美拓展业务，徐琳是徐管家的女儿，作为藤本直树的得力助手，一直在海外打点生意。

　　老太太比较保守,一直不看好海外的市场,和藤本直树的全球化理念也有很多冲突。去年,藤本直树瞒着老太太与法国方面谈好了项目,不仅要大幅扩展分店,还要给予分店自主研发权,使其真正脱离柳原社的掌控。

　　老太太知道后怒不可遏,当即联合另外几名柳原家的股东与藤本直树对峙,才发现自己的人已经倒戈了一半,目前两股势力僵持着,谁也不肯退让。

　　淳子说之前先吃了一块蛋糕,说完又吃了一块,给足了唐桃震惊和崩溃的时间。谁知唐桃只是脸色有点儿难看,皱眉思考了五分钟,问:"那Chloe又是怎么回事?"

　　"说起来这事跟电视剧似的,家主不是要和法国那边签战略协议吗,他找到百年法国甜点企业AMOUR,很有名的,那个Chloe就是他家的小姐。本来呢,法国公司都打算签字了,结果他们的董事长突发疾病去世,继承权落在他的一儿一女身上。紧接着一个月内,Chloe的哥哥被爆出其实是私生子,引起轩然大波,后来被驱逐出家族,整个企业只剩下Chloe一个主事的了。"淳子大喘一口气,"我刚听到的时候也震惊了,生活真是比小说还精彩。"

　　唐桃又问:"Chloe说藤本直树要毁了她的家庭,那么,她是不想签合同?"

　　"是呗,AMOUR也像柳原社一样,主要是家族生意,但这些年外来文化侵入严重,已经不复当年的辉煌了。说好听儿是战略合作,说难听点儿……"

　　"是吞并,成为柳原社旗下的甜品店。"唐桃接话。

　　淳子点点头,将最后一口蛋糕送进嘴里,打量着姐姐的脸,说:"你怎么这么冷静啊?吓傻了?"

　　唐桃没说话,举起手:"服务员,给我来两块蛋糕。"

　　两姐妹分析了一通利弊,彼此依然没什么主意。唐桃从来就没真正进入柳原社的生意中,顶多周末带同学来吃吃甜品。淳子也远没有进入核心管理层,对上一辈的恩怨也不了解。

　　唐桃捏着一颗樱桃,在眼前晃来晃去。

　　"姐,上次奶奶找你虽然没明说,但就是要你站队啊,你别一副事不关己的样子。"淳子着急,"现在奶奶是'保皇派',你爹是'革命派',都是至亲的人,你可比我难做!"

　　唐桃摇摇头:"我觉得现在事情的重点不在柳原社,而在Chloe身上。你之前说,这个女孩能够决定AMOUR企业未来的命运?"

Chapter 02
意外 × 怪人

"可不是吗,AMOUR说是企业,其实就是家族连锁作坊,欧洲那边的店铺规模都很小的,和我们没法比,家主看中的是它的声誉和团队。"淳子说,"我调查过,这个Chloe不懂生意,现在刚读大一,修法国文学,是个彻头彻尾被惯坏的浪漫主义小姐,很反对出售自己的企业。"

唐桃点头:"那么即使家主想收购,只要Chloe不同意,就拿她没办法?"

淳子犹豫了一下,说:"在我的理解中是这样。"

唐桃这才稍微松口气:"既然没人知道Chloe来找我,我们就藏着她,争取一些时间了解清楚事情的原委,再做决定不迟。"

"你藏不了多久的。"

"缓兵之计,以后的事情再说。"

"姐啊,还是你聪明,找你商量果然是对的。"

唐桃默默打量淳子有些消瘦的脸,和她放在桌上纤细如柳条的手指。她不过比自己小一岁,却扛起了本该属于自己的重任。唐桃又想起奶奶的话——"假如有一天,柳原社依旧需要你,你会怎么做?"

"淳子。"唐桃忽然开口。

"嗯?"

"虽然之前我不参与柳原社的生意,但我是柳原家的人,你、奶奶和父亲都是我的家人。一个月也好,一年也好,十年也好,我都会和你们站在一起,哪怕要抛下我的爱好,回家里帮忙。"

淳子漆黑的眼珠子似乎闪烁着崇拜的光芒:"姐……"

"我做了好多年没家的人,现在家里出事了,我怎么也不可能不管。"唐桃拍了拍她放在桌上的手,"别怕,你先回柳原社看下情况,Chloe就交给我。"

凌晨五点半,唐桃悄悄地推开家门,迎面撞上一双瞪圆的大眼。

Chloe抱着双臂坐在房间中央的大床上,穿着唐桃的睡裙,这条睡裙的裙摆一般拖到唐桃的小腿,她穿上只堪堪遮住大腿。唐桃正在惊叹这是怎样的魔鬼身材,谁知Chloe张口就说了一大串法语,她一个字儿也没听懂。

"抱歉。"唐桃赔笑脸。

"我饿了!"她转而用中文喊。

"你想吃什么?我给你做。"

"你做？你做的能有康师傅好吃？"

"康师傅？你说泡面吗？"

"就中国最有名的康师傅啊，你连康师傅都不知道？"Chloe脸上露出轻蔑，"我看我和你说不通，把你爸爸叫来，我和他说。"

"哦哦哦！康师傅嘛，康师傅我怎么会不知道，我这就给你弄来。"唐桃吓出一身汗，连忙打圆场，"我爸现在不在家，咱们先吃饭。"

唐桃不可能真给她吃泡面。

早上六点，两个人坐在一大堆外卖盒前，开始吃早饭。

Chloe可能真的饿极了，吃相颇有点儿狼吞虎咽。唐桃又是递饭又是夹菜，一颗心悬在空中，不停打量着Chloe的表情，生怕没伺候周到让她跑了。

Chloe每样菜都吃了不少，吃完一抹嘴："这就是中国的康师傅？这么多种类，还挺好吃的。和我在法国的朋友说的不一样，在法国，康师傅只有一个盒子，要放热水进去。"

"本土化经营，种类比较多。"唐桃随口编。

Chloe盯着外卖盒看了一会儿，说："以后还吃康师傅。"

唐桃赶紧点头。

或许是酒足饭饱，Chloe看起来精神了些，脸上的敌意也没那么重了。唐桃于是问："你打算在中国待多久？"

"见到你爸爸我就回去，我要告诉他，别打AMOUR的主意。"

"你不喜欢柳原社？"

"柳原社是什么东西我不管，AMOUR是我的家，我不可能交给别人。"

"听说AMOUR经营状况不好。"

Chloe忽然扬起下巴，那双碧蓝又深邃的眼睛亮晶晶地注视着她，带着公主般的倨傲与矜持。

唐桃一愣。

"我们法国有句老话——故乡的雁子，要死在故乡的树下。"Chloe说，"AMOUR和我都是故乡的雁子，呼吸不到故乡的空气，我们会死的。"

唐桃本来今天想请假，奈何公司有事脱不开身。

她叮嘱Chloe："我爸爸现在不在国内，等他回来我就安排你们见面。在这之前你

Chapter 02
意外 × 怪人

就住在这里，有什么需要跟我说，不要乱跑。"

Chloe无聊地拨弄着头发："我想出去逛街，听说你们有熊猫园，我想看。"

"×市没有熊猫……"唐桃无奈扶额。

"这里怎么可能没有熊猫？你们不是经常把熊猫当外交礼物送人吗？"

唐桃算是明白了，这位Chloe小姐对东方的认知，好像都是从电视上还有朋友嘴里听来的。

她眼珠转了转："这样，你老老实实在家里待着，我周末带你出去玩，看舞狮子、舞龙。"

"你们有龙？"Chloe眼珠子瞬间瞪大了。

"不仅有龙，还有龙舟，还有中国结，还有皮影戏……反正你想看什么都有。"

"哇！"Chloe不由得赞叹。

就这样，唐桃赢得了暂时的安宁，赶紧出门去公司上班。

处理完上午的工作，中午唐桃给Chloe订了外卖，自己则去超市买三明治吃。

夏炽打电话过来："见到淳子了吗？怎么样？"

唐桃忙得根本没时间跟夏炽通气，想了想，还是决定先不告诉他Chloe的事情。她咬了一口三明治，说："见到了，柳原社最近有变动，具体的我也不太清楚，淳子才刚接手生意上的事，也还参与不到其中。"

夏炽"嗯"了一声。

"对了，我记得你今年和剧院的合同到期了，要签新的吧？"

夏炽的声音透出一丝笑："你倒记得清楚。"

唐桃心想——你的日程我都能背下来。

"最近想拓展新业务，可能没时间陪你了。下周我尽量空出一天找你玩儿，一起在家吃个晚饭。"

唐桃的汗毛立刻竖起，赶紧喊："别！"

"别？"

"哦，我……我最近研究新菜谱呢，厨房特别乱。等我研究出来了，你再来吃饭！"

电话那头忽然没声了，唐桃的心突突直跳。

过了一会儿，夏炽说："别瞎折腾，过两天我发个菜谱给你。"

唐桃赶紧笑着回道："好好好，都听你的。"

夏炽忽然叹了口气。

唐桃又紧张起来："怎么？"

"不管多累，和你聊两句心情就好了。"夏炽的轻笑声响在耳畔，"你说，到底是你有魔力，还是我中毒了？"

唐桃觉得是自己中毒了。

中了听他的每句话都心动，看见他每个笑都心跳的毒。

Chloe果然消停不了太久，下午四点的时候，唐桃接到公寓门卫的电话，说她家里的那个外国女孩要跳楼。

唐桃连假都来不及请，抓起包就往家里赶，到楼下的时候，正好看见Chloe的一只手从顶楼的栏杆处伸出来挥动。唐桃吓得魂飞魄散，冲着门卫大喊："怎么回事？她为什么要跳楼？"

"我不知道啊，我……她下来的时候嘀嘀咕咕跟我说法语，我又听不懂，她也不跟我说中文，我就没理她。"门卫脸色煞白，"唐小姐，我已经报警了，你赶紧上去劝劝，让她想开点儿啊！"

"她什么时候下来找你的？"

"半小时前。"

唐桃焦虑地抓了两下头发，把包往门卫手里一塞："我上去看看。"

Chloe站在顶楼，还穿着唐桃的睡衣，一只手不知道在风里捞什么东西。唐桃站在十米开外的楼梯口边，尽量平静地开口："Chloe，你有什么事先跟我说，千万别冲动。"

对方没有反应。

唐桃暗中慢慢靠近，Chloe则完全没注意到有人过来，依旧没回头。

靠近些唐桃才发现，她的胸前垂着两根线，连着耳朵上的耳机。

她是在……听歌？

Chloe戴着大墨镜，遮住了半边脸，摇头晃脑享受得很。

唐桃的心这才落了地，快步上前一把抓住Chloe的胳膊："你在这儿干什么？"

"你怎么回来了？不是说六点下班吗？"Chloe这才摘下耳机，看着她，"你们这顶楼怎么没游泳池啊？我问那个门卫这里有没有SPA（水疗），他也听不懂，真烦人。"

唐桃有些生气："你为什么不说中文？"

"那也不说给他听。"

"赶紧跟我回去，天台怎么能随便上来？万一掉下去怎么办？"

"我太无聊了，这边还凉快点儿，我不回去。"

唐桃好言好语哄了十分钟，以"康师傅"晚餐为诱饵，这才把这位"公主"请回了房间。

接下来的几天，Chloe也没让唐桃闲着，基本上三个小时一通电话，不是闹着要出去就是闹着要见藤本直树。偏偏黎薇工作室又很忙，就连同事也看出不对劲，问她是不是被黑社会缠上了。

"家里来了个亲戚，年纪小，有点儿任性，非要我带她玩。"唐桃苦笑。

"哦，怪不得，小孩子都这样，你周末带她去游乐园玩玩就没事了。"小黄给唐桃出主意。

也没那么小啦——唐桃苦笑。

她费尽心思安抚Chloe，Chloe倒没太矫情，耍耍脾气也就过去了，不知不觉混过了一周。新一周的周一，黎薇特意打电话给唐桃的项目组，让他们也来看看最终设计的定稿。

唐桃对剧院很熟悉了，然而小满和大廖还是第一次来，都显得很兴奋，一进剧院就开始拍照。黎薇站在舞台边，招手："这边。"

唐桃兴奋地走过去，舞台已经初见端倪，这次的芭蕾场景采用了许多光影技术，灯光师正在和乐队排练，负责该项目的两个设计师则站在台下观看，不断交流着什么。

"第三幕，第二个场景，我最喜欢的一段！"唐桃激动地说。

"你眼睛倒尖。"黎薇微笑，"怎么样？还满意吗？"

唐桃着迷地看着，不一会儿，她忽然皱起眉，然后猛地回头："这是我的……"

"上次你和设计师争论，她听进去了，最后用了你的点子。你的经验虽然不多，但对场景效果很敏感，以后也要多努力。"

"是！"唐桃笑。

小满和大廖两个人的表情都很微妙,用手肘碰了碰唐桃:"厉害啊,敢给创意部的人提意见?"

"没提意见,当时没忍住多嘴了。"唐桃说。

"黎总真是器重你。"

唐桃不知道该怎么接话,只能笑笑。

三个年轻人聊天的工夫,有另一群人从正门进来,七八个工作人员簇拥着两个人往前走。其中一个助理打扮,背着一个双肩包,不停地看手机;另一个人穿着一身笔挺的西装,头发梳得整齐光亮,一只脚刚踏进剧院,目光就越过众人落在唐桃的后脑勺上。

"我去和我未婚妻打个招呼。"夏炽嘴角浮起笑意,目光淡淡的。

唐桃正和小满讨论着光效问题,肩膀忽然搭上一只手。小满一回头,眼睛立刻瞪直了,唐桃嘴里还说个不停,一转身对上夏炽的双眼,戛然闭嘴。

"早。"夏炽说。

唐桃惊讶地问:"你怎么在这儿啊?"

"找合作,一会儿谈点儿事情。"他收回手,朝小满和大廖点点头,"你们好,我是夏炽。"

小满和大廖耳朵竖得比兔子还高,目不转睛地看着唐桃,意思是——快点儿介绍啊!

唐桃干咳了一声,耳朵红了:"这是我的……未婚夫。"

话音一落,周围立刻响起一片夸张的艳羡声。唐桃十分尴尬,她一眼就看出夏炽今天是特意打扮过的,生怕别人注意不到他似的。

夏炽微微扬起下巴,嘚瑟地看着她。

好啦,知道你在我同事中闪亮登场啦。

"你快去忙吧。"

"嗯,一会儿下班见?"

"今天我……"话音刚落,唐桃手机响了,她一看号码,立刻把手机塞进口袋。

夏炽的目光定在她脸上,悠悠地问:"还要学做菜吗?"

"学,还没学会呢。太难了。"唐桃干笑。

"要学多久?"

"不知道,至少半个月。"

Chapter 02
意外 × 怪人

夏炽的眉尾悠悠扬起,唐桃的心也跟着悬起来。他忽然将手中的袋子交给她,说:"那就好好学。"

两个人的对话像打太极似的,旁人都听得云里雾里。这时,身后忽然传出一声:"夏炽?"

夏炽回头,冲黎薇一颔首:"黎女士。"

唐桃一愣,就见黎薇面带微笑地走上前,对夏炽说:"好久不见了,上次去看你的歌剧,令人惊艳。"

"我在国内的事业刚刚起步,还是新人,有机会请黎女士多指点。"

"你们认识啊?"唐桃疑惑地问。

"算不上很熟。"黎薇一顿,语调像羽毛般扬起,"但想熟悉倒是真的,做我们这一行的,谁不愿意为真正有才华的艺术家工作?"

唐桃颇为惊喜,黎薇对夏炽的评价这么高,那也是自己的荣幸。她赶紧拉拉夏炽的衣袖,示意他客气两句,谁知夏炽的目光闪了闪,没有接话。

"那么,我先告辞了。"夏炽点点头,又捏了捏唐桃的手,转身在一群人的簇拥下离开剧院。

黎薇站在一旁,抱着双臂,漂亮的眼睛里微光闪动。她笑问唐桃:"他是你未婚夫?"

"嗯。"

"真有福气。"

"谢谢,您看过夏炽的演出?"

"是的,当时是朋友邀请的,一见难忘。坚韧不拔,才华横溢,这样的年轻人已经很少了。"黎薇故意老气横秋地说,离开前还拍了拍唐桃的肩膀,"要珍惜啊!"

唐桃点点头,等黎薇走后,打开了夏炽给她的袋子。

袋子里面装着一本食谱——《意大利菜肴入门》。

她抱着那本厚厚的书,看破而不说破,这也是两人的默契,对此,唐桃心存感激。

周日,在Chloe的强烈要求下,淳子特意空出一天时间,和唐桃一起陪她逛街。

她们特意选了游客最多的地方,什么龙舟表演、画舫歌舞,本地人看着俗气,Chloe反而玩得很开心。

Chloe长得实在漂亮，淳子见了都吓一跳，忍不住嘀咕："她还继承什么公司啊，直接去当演员好了嘛。"

"你嫉妒啊？"唐桃笑。

"嫉妒什么？我长得也不丑啊。"

话虽这么说，淳子还是盯着她的金发，表情羡慕。

Chloe低头挑选小礼物的时候，唐桃向淳子悄声问："有动静没？"

"法国那边乱成一锅粥，所有人都在找她，听说妹妹失踪了，那个私生子哥哥又回家闹事，整个企业乌烟瘴气的。"淳子瞥了Chloe开心的侧脸一眼，说，"这大小姐可能也没有看起来那么无忧无虑。她一个人跑到这边来，估计也有逃避的心理吧。"

淳子一跺脚，说："反正早晚瞒不住，现在的重点是，柳原社今后该往哪里发展。家主一旦和奶奶分家，柳原社必定元气大伤，可奶奶一直不同意开拓海外市场，对柳原家也不见得是好事。"淳子叹一口气，"他们两个是亲母子，怎么关系这么差？"

"这事情不是咱们两个小辈能决定的，我觉得，还是得和我爸谈一谈。"唐桃说，"他现在在哪儿？"

"不知道，可能还在法国那边，根本联系不上，估计也是怕我们找他麻烦吧？"淳子叹气，"唉，平时看着那么稳重，关键时刻玩消失，一点儿不负责任！"

淳子又问："你真打算藏着Chloe？"

"不然呢？难道让她闹到奶奶那儿吗？"

"姐啊，你知道我很怕你爸的，要是出事了你一定帮我兜着啊。"

"放心。"唐桃拍拍胸脯。

两个人聊完，一回头，Chloe居然不见了。一股凉意从脚底钻进来，唐桃还没来得及慌，就听见淳子一声大吼："不好了！"

目光所及处，是一家柳原堂的分店，挂着硕大的木质匾额，古色古香地伫立在商业区正中间。

三年前，在秦老爷子的带领下，柳原堂开发出一系列零售中式甜品，受到了极大欢迎，很快在各大旅游景点铺开市场。她们带Chloe来的这个景区也有一家分店，许多顾客拎着篮子挑选商品，人头攒动。

淳子拽着唐桃直奔大门口，问："刚才有没有位金发美女进去？"

Chapter 02
意外 × 怪人

迎客的员工一看见她，愣了愣："淳子小姐？"

"快说，有没有？"

"刚才有个外国女孩子进去了，好像是金发。"

唐桃和淳子赶紧往里冲，发现在店的最里面围着一圈人，不知道在干什么。

她拉住淳子："你看那儿。"

Chloe身处人群中央，亭亭玉立如一只仙鹤，一只手捧着一包点心，正掰下一块往嘴里送。穿着制服的工作人员面露为难，说："这位美女，我们店里的商品不能随便拆开吃的，柜台那里有试吃装，您可以去那里。"

Chloe充耳不闻，眼里跟看不见人似的，皱眉仔细地咀嚼着凤梨酥。淳子正要上前，被唐桃一把拉住："等等。"

唐桃看着Chloe慢慢起伏的嘴角，神情也跟着严肃起来。

大约十秒钟后，Chloe的眉轻轻一颤，她吃完最后一口后拍了拍弄脏的手，目光越过人群与唐桃相交，嘴角上扬。

"在法国的时候，我家里人都说柳原堂做的中式甜品最好，我以为多厉害呢。"她用清晰的中文，一字一顿地说，"收购的时候气势很大，做出的糕点也不过这个水平。"

顾客和工作人员一起愣住，不知道这个外国游客为什么口出狂言。淳子气不打一处来，想要上前理论，手腕却还被唐桃抓着。她皱眉道："姐！"

唐桃不吱声，也不松手，只慢慢挺直了肩膀。

"淳子，她来中国，或许不是逃难的。"唐桃声音低缓，也一字一顿地说，"这位法国大小姐，是代表她的家族企业前来挑战的。"

Chapter *03*
明争×暗斗

第二天早上,Chloe不见了。

唐桃吓得衣服都来不及换,直接冲到一楼去问人。门卫连连点头:"她一大早就出去了,不知道去哪儿,我也没问。"

联系不上淳子,Chloe也没手机,唐桃翘了一天的班,跟个傻子一样在小区周边乱找。直到下午五点多,才接到门卫电话,Chloe居然自己回去了。

唐桃急忙赶回去。

"你去哪儿了?"她实在生气,嗓门也大起来,"知不知道我找了你多久!"

Chloe跷着腿坐在床上,朝灯光伸出左手,欣赏着自己新做的指甲。她轻轻哼了一声:"出去逛逛呗,我又不是你养的猫,哪能天天待在家里。"

"你不知道说一声?你没钱没手机,也没身份,万一……"唐桃的声音戛然而止,她看着地上一大堆奢侈品的袋子,和她全新的一身衣服,"这些是你买的?"

"对啊!"

"你有钱?"

"有啊!"

"第一天见面你不是说没钱吗?"

"你审问我?我是你犯人?"Chloe忽然翻了个白眼,"你不想让我住这里,就把你爸爸找来,我立刻就走。"

唐桃像被捏住七寸的蛇,一下就蔫了。

Chloe不再理她,倒在床上玩手机。唐桃留了个心眼,去书房里检查自己的卡夹,银行卡都在,现金也没少。

这么下去也不是事啊……唐桃深深地叹了口气。月底之前,一定要想出个方案来。

之后的一周,一切如常。Chloe继续每天出去消费,不停地买新衣服新鞋子,还用唐桃的旧手机学会了叫外卖,绑定了唐桃的卡。唐桃见自己的余额一天天减少,心疼到飙泪,她一个新人的工资本来就不高,还要养天天吃"康师傅"的大小姐。

早知道,第一天就给她吃泡面了。

好在Chloe那边情绪稳定,借着"买买买"分散了郁闷的心情,也不嚷嚷着要见藤本直树了。

整整一周,夏炽都十分积极,要来她这儿尝试"新菜"。唐桃哪有时间真的研究

Chapter 03
明争×暗斗

菜式,一直以加班为由推脱,推到第五天,夏炽没回信息,她以为他终于放弃了。

可夏炽的字典里,何曾有"放弃"两个字?

周五,唐桃拖着疲惫的身体刚走出电梯,就看见夏炽靠在她家门上,手里像模像样地握着一束花。

她惊喜:"你怎么来了?"

"纪念日。"他直起身,微笑。

"什么纪念日?"

夏炽扬扬手中的百合:"第一次送你百合花的纪念日。"

唐桃心里高兴得很,她接过花束,不着痕迹地将自己隔在夏炽和门中间。

"谢谢啊,我家里乱,就不请你进去了。吃晚饭了没,我们出去吃吧?"

夏炽红色的瞳仁闪了闪,说:"想吃你做的。"

"我今天有点儿累,不想做了。"

"可我就想吃你做的。可以简单点儿,就煮意面,我们来个烛光晚餐,好不好?"

那声"好不好"说得轻而柔软,竟有点儿撒娇的意味。换作平时,唐桃早就败下阵了,但她屋里还藏着个一米七的"炸弹"呢,怎么撒娇都不可能让他进去啊。

唐桃干笑:"我真的很累,要不下周吧,下周我准备好晚餐等你过来。"

夏炽弯了弯嘴角,没等唐桃反应过来,他径直从她手里拿过钥匙,开门进屋。

屋里一片狼藉,各种奢侈品牌的袋子、盒子散了一地。

夏炽站在门边,狐狸般眯起双眼:"工资挺高?"

"哦,最近打折,打折……我买了送人的。"

夏炽轻轻哼了一声,嫌弃地踢开纸袋,在沙发上坐下。唐桃赶紧关门,搓了搓手心里的汗,眼睛一扫室内,Chloe居然不在。

她谨慎地往里走了两步——那丫头又出去了?

夏炽的目光缜密如射线,将这个家里的里里外外扫视了一遍,十分不满它的变化——他没有见过大床上横七竖八地堆着被子和枕头;地上摆着很多双唐桃根本不会穿的十厘米高跟鞋;垃圾桶里杂乱地堆满了外卖盒子;空气中隐约飘散着一股陌生的香水味。

仿佛被猫入侵过的地盘,他不满地眯起眼睛。

唐桃忙乱地收拾着屋子，说："你先坐，我给你煮意面。"

夏炽不吱声，冷冷地盯着她。

唐桃背后冒出一层薄汗，假装没看见，躲到厨房去烧开水，就听见夏炽幽幽的声音："做青酱意面吧。"

"青酱？"

"菜谱第一章就是，你不是说在练习吗？"

唐桃的目光扫过书架上没翻过的书，汗颜："我还没练熟呢，现在做不好。"

夏炽十分悠闲地靠在沙发里，斜眼看她——你继续编。

这时，卫生间传出"嘎哒"一声轻响。唐桃和夏炽的耳朵同时一动。

"我去上个厕所。"唐桃赶紧把茶杯放在茶几上，闪身躲进厕所。

Chloe大小姐果然在洗漱，她贴着一片面膜，没来得及说话，就被冲进厕所的唐桃一把捂住嘴。Chloe双眉皱起，用力挣扎，唐桃拼命捂住她的嘴，在她耳边低声说："祖宗，你千万别出声，我男朋友来了！"

"呜呜呜……"

翻译：你男朋友来关我什么事。

"他不知道你在这儿，被他发现又要训我，你老老实实的，待在里面别出来！"

"呜呜呜……"

翻译：我不。

唐桃以一个摔跤运动员的姿势卡住她的脖子，一只胳膊和她扭在一起，完全没注意到背后的门被打开了。夏炽交叉着双臂，靠在门边，红色的瞳仁眯起来，以一个标准的审问姿态慢悠悠地抬起下巴。

"唐桃，她是谁？"

Chloe甩开唐桃的手臂，嫌弃地翻了个白眼，视线这才落到夏炽身上。她的目光定了定，忽然往前走一步。

她说："你好，我是Chloe。"

原来Chloe疯狂"买买买"，刷的是夏炽的卡。

夏炽去年办了一张信用卡副卡给唐桃，唐桃从没用过，压在抽屉的底下都快忘了。不知道Chloe从哪里翻出来，一直从中央大街刷到河西商城，夏炽在月底收到了天价账单，这才察觉出不对。

唐桃平时吃饭多点个菜都要心疼，什么时候进化到天天买奢侈品了？

面对唐桃气到快要喷火的脸色，Chloe表示这是个美丽的误会："我看你的卡不限额，还以为是你爸给你的。你爸要收购我家公司，给我买两个包天经地义，有什么好计较的？"

唐桃指着夏炽说："你看他长得像我爸吗？"

Chloe不说话，碧蓝碧蓝的双眸扫视着夏炽，浓密的睫毛动了动，饱含深意地说："如果这是你爸爸，要收购也不是不可能。"

夏炽冷笑一声。

唐桃赶紧说："我一定把钱还你。"

"我的卡只有你能刷，把她从这里赶出去。"

Chloe脸色一变，扬起眉："凭什么？"

"凭我看不惯你。"

Chloe的细眉越扬越高，忽然飙出了一长串法语。夏炽不甘示弱，两个人坐在茶几两侧，居然用法语怼起来。

唐桃一个头两个大，听着他俩用世界上最性感的语言吵得热火朝天，忍不住大喊："行了！这是我家！要吵出去吵！"

"她到底是谁？"走廊里，夏炽沉着脸问。

"她是法国一家糕点企业的小姐，她爸爸去世了，就跑来这边闹事情。唉，一时半会儿也说不清楚……"唐桃叹了口气，"总之，我会把钱打给你，Chloe的事情我也会处理好，你暂时不要过来了。"

"我不过来？"夏炽忽然提高音量，"你赶我走？"

"不是赶你走，是Chloe没地方去啊，我总不能让她直接找我父亲闹，然后把家里搅得鸡犬不宁吧？"唐桃郁闷，"特殊时期，你理解我一下。"

"让她闹。"

"什么？"

"让她去闹，这不仅是你的家事，更是柳原社的商业问题，你一个人没法解决，不要总给自己揽事情。"

"可柳原社是我家，我爸爸要分家，我怎么能不管？"

"家有家的规矩，公司有公司的立场，你既然三年前放弃了继承权，现在也不该

插手。"

　　唐桃看着走廊灯光下那张平静的脸,听着他毫无波澜的声音,一瞬间竟觉得有点儿陌生。一边是她的奶奶,一边是她的父亲,她失而复得的家将要分崩离析,却让她冷眼旁观什么都不做?

　　不可能。

　　唐桃心里有气,说话也有些冲:"那我的事情你也别管,这是我的家务事,我自己解决。"

　　夏炽瞳孔一缩,似乎想要说什么,一股罕见的烦躁从他的眼底闪过,嘴唇动了动,终究还是忍住了。哪怕再爱眼前的这个女孩,他也是高傲的,旁人想得到他的意见都需要运气,她既然不珍惜,他又何必上赶着去解围?

　　夏炽攥紧拳头,深深地看了她两眼,转身走向电梯。

　　走廊里的感应灯灭了,唐桃低着头,一个人长久地站在黑暗的走廊里。

　　两分钟后,手机亮起——藤本直树。

　　近一个月来,他们的第一通电话。

　　"小桃,你在哪儿?"

　　"刚下班,还没到家呢。"

　　"哦,你现在也走上社会了,怎么样?和同事相处顺利吗?"

　　"还行。"

　　"上司呢?你不是说上司是你很崇拜的设计师,怎么听起来无精打采的,她人不好?"

　　"上司很好,工作也顺利。"

　　"那就好。"

　　唐桃不说话,藤本直树那边也十分安静,他沉默了一会儿,说:"我这边有些事情要办,一时半会儿回不了家,最近你工作要不忙,抽空回去陪陪奶奶,和她说说话。她年纪大了,一人一猫怪寂寞的。"

　　唐桃还是不应。

　　电话那头发出一声轻微的叹息:"行了,不打扰你了,注意休息。"

　　"没别的事了?"

　　"没了。"

Chapter 03
明争×暗斗

"真没有?"唐桃咬紧牙。

电话那头微微一顿,声音却带上了难得的笑意,云淡风轻:"快点儿休息吧,傻孩子。熬夜对皮肤不好。"

作为"直叔"的时候,他总对自己笑,两只眼睛弯得像月亮。父女相认后,他却天天板着脸,鲜有笑意。至亲至疏,果真不是假话,对陌生人她可以指责、可以质问,对自己的父亲却根本无法开口。

她将手机从耳朵上移开,心里酸得像被醋浸过。

她这个失而复得的家,也要守不住了吗?

晚上十点整,莫明雪正在回复邮件时,接到了唐桃的电话。

"心里乱,出来聊聊?"

莫明雪用脸和肩膀夹着电话,十根手指仍在键盘上飞快地敲击着:"没空,忙着呢。"

"啊……"唐桃拖着长长的音撒娇道,"我心情巨差,急需莫大小姐拯救!"

"找你的'夏男神'去。"

"'夏男神'正和我生气呢,陷入内乱无法自拔。"

"今天真不行。"莫明雪越过电脑,扫了正埋头工作的男人一眼,"改天我再约你。"

唐桃似乎明白了什么:"因为……陆长歌?"

莫明雪轻咳一声当作回应。

唐桃立刻自觉地说:"那我先不打扰你们啦,改天再聊。"

"啪"地一下,挂断了电话。

莫明雪脸颊发热,有种被别人发现了隐私的不自在。她的目光还停留在男人身上——清爽的短发,修长的脖颈,还有因为穿着白大褂而显得更加挺拔的肩背,他一只手扶着显微镜,调整着角度,动作细致而专注。

完全忽视了他貌美的正牌女友。

莫明雪在实验室里坐了半个小时,没等到他的一个回眸。

她无奈地皱皱眉,烦躁地回复完邮件的最后一句话,"砰"地合上电脑。怎么唐桃和夏炽天天如胶似漆,她就跟讨债似的,和陆长歌在一起两个多月也没有一次约会,上次见面还是在街头偶遇的。

还是她"主动"偶遇的。

可能是身后人的躁动实在明显,陆长歌将眼睛移开仪器,在本子上记下最后一串数据,转了转脖子,回过身,一双冷厉淡然的灰眸看向莫明雪,说道:"久等了,完事了。"

莫明雪双目喷火——是够久的。

"你手头的工作都搞定了?"他问。

"早就搞定了。"

"都这么晚了,我送你回去。"陆长歌脱下白大褂挂在胳膊上,去拿莫明雪挂在衣架上的包,"饿不饿?饿了吃点儿东西再回,食堂现在还没关门。"

"又是你们研究所的食堂,难吃得要死!我不去。"

陆长歌撇撇嘴:"行吧,那我送你回去。"

莫明雪快气炸了。她今天开完会,专程回家洗澡换衣服,一身走在街上回头率百分百的盛装,居然不值得他多看两眼。唐桃是婉约派,她则是炸弹派,只见莫明雪整个人挺得笔直,一只手气势汹汹地指着陆长歌,吼:"你到底什么意思?"

陆长歌有点儿蒙:"什么什么意思?"

"你到底想不想见我?"

陆长歌闻言一愣,他木讷地抿着嘴唇,甚至用带着一丝天真的眼神无辜地看着她。

莫明雪心底仿佛有潮水涌动,一下下地拍打着她最后的理智。陆长歌是什么人?狡猾得像泥鳅,天生的大尾巴狼,就算装出一副人畜无害的样子,也无法掩盖他眼底的狡黠。

莫明雪觉得越看他的样子越生气,她一把扯过包,转身就走。

手忽然被握紧。

他将她拉向自己,他也不说话,空气中有极淡极浅的香水味。莫明雪知道他平时不用香水,但那香味实在好闻,逛街的时候忍不住就给他买了。

没想到他会用。

她的心头闪过隐约的心酸,两个人年少出国,在美国相伴多年,没想到在一起之后,反倒比之前更生疏了。大学毕业后,陆长歌明明在美国有更好的工作机会,他却偏偏要回国接一个化妆品研发项目,不为别的,就为了那诱人的薪酬。

赚钱很容易,也很难。莫明雪心里也有一个坎——她显赫的家世、毫无后顾之忧

Chapter 03
明争×暗斗

的生活，于他而言，到底是捡到了宝，还是对他的讽刺？

大概……不是宝吧。

正胡思乱想着，陆长歌突然发声："衬衫很漂亮。"

莫明雪一瞪眼："什么衬衫？"

她今天明明穿的裙子。

"偶遇那天的衬衫，休闲又不失典雅，淑女又不失可爱，特别好。"他夸赞，"以后多穿穿。"

她"唰"地脸红了。

"我又不是特意穿给你看的，那天正好路过。"

陆长歌挑挑眉，意味深长地点头："研究所离你公司四十分钟车程，是路过……"

"我来这边开会！"

"我信我信。"陆长歌赶紧点头。

莫明雪突然觉得来这里就是个错误，她捋了捋头发，气急败坏地说："我走了！"

"那下次什么时候再'偶遇'？"

"陆长歌！"

"就下周三吧，我们还在这里见，到时候有惊喜。"他一双细长的眼睛笑意盈盈地注视着她，"我也得主动点儿，免得女朋友误会我不想她。"

莫明雪愣了愣，被这拐了几道弯的思念绕住了，好久才反应过来。她耳根一红："看情况，我不一定有时间。"

"全听莫大小姐的。"陆长歌点点头，从桌上拿起一张纸，"对了，给你看个好玩的。"

莫明雪扫了眼纸上长长的名单："什么东西？"

"我们公司另一个团队在开发新药，有偿募集试药人员，这是名单。"他眼中闪过一丝光，"你看倒数第十个名字。"

莫明雪的视线向下，一愣："他？"然后又飞快地扫了一眼新药的名称，"扑哧"一声笑了，"他？试药？真的假的？"

"新药最近刚申请了专利，一片红火，说不定真有用。"

"我得告诉唐桃。"莫明雪快笑死了，"太劲爆了！"

陆长歌站在一旁，一只手推了推眼镜。他的视线扫过莫明雪兴高采烈的眉和那双光芒四射的眼，心里想着，明天要早起重新做数据。

在这装模作样的半个小时里，他什么都没做出来。

所谓情场失意职场得意，接下来的一周，唐桃过得非常充实。

黎薇很欣赏她，还让她负责跟进演员彩排时的沟通工作。照理说，这应该是主设计师的工作内容，所以当唐桃兢兢业业地捧着本子和舞台导演对接时，总是能收获隐约的白眼，背后总围绕着嘀咕声。好在她心大，只专注于自己的工作。

月底去财务处拿奖金，唐桃的有厚厚一大叠，大廖和小满的就干瘪很多。

两个人相当眼红。

"早知道我也去现场了，天天埋在公司里做文案，把头写破也没人看见啊。"大廖一只手撑在桌上，不满地甩着手中装着钞票的信封，"唉，大家同是一年入职的，小满你看看人家，后来居上！"

"你别这么说，唐桃这个月多忙啊，她一个人做两个人的活儿，多拿点儿也是应该的。"小满圆圆的眼睛朝后一瞥，"你看小黄干的比牛还多，奖金拿得比咱俩少，也没说什么。"

"我脑袋笨，有奖金已经不错了。"小黄憨厚一笑，"唐桃，真羡慕你，争取下个月拿到板砖那么厚！"

唐桃也笑了，说："要不这周末我请大家吃饭？"

"好啊好啊！"小满喜笑颜开。

大廖扫一眼手上干瘪的信封："请吃饭就算了吧，我们都是前辈，让你这个刚入职的新人掏钱也不好。要不这样，我们一起聚个餐，有伴儿的都带上男女朋友，一起聚一聚，也算是时隔两个月的团建了。"

唐桃一愣："这……"

"怎么啦，怕你家的大帅哥被我们生吞活剥了啊？哈哈哈！"大廖揶揄，"他是歌剧演员，和我们的工作也有关系，我还想跟他取取经呢。"

唐桃很犹豫，俩人还在因为Chloe的事情而赌气，她只好说："我问问他有没有时间。"

"好嘞！"大廖说。

那边小黄和小满已经打开手机，商量周末要去哪儿吃饭了。

Chapter 03
明争×暗斗

晚上八点钟，回到家，唐桃充分理解了什么叫"累成狗"。

她把包扔在地上，整个人缩在沙发里，闭上眼。浴室里传出水声，Chloe在洗澡，估计玩了一天也刚回来。

相处几周，Chloe比之前老实了很多，也不闹着要找藤本直树了，逛逛街买买东西，日子过得还算滋润。但再沉默的火山终究涌动着岩浆，爆发只是时间问题。

唐桃头疼欲裂，挣扎着起来倒了一杯水，在路过客厅的书架时，瞥见夏炽上次给她的那本食谱。崭新的，没翻过，放在上学的时候，她早就彻夜不歇地开始钻研了。

一丝内疚钻进唐桃的心里，她把水搁在桌上，拿起食谱翻看起来。

书本沉甸甸的，印刷非常精致，第三页就是夏炽提过的青酱意面。

意面图片旁边用记号笔画着两只动物，一只大一点儿，打着领结，另一只小一些，头上扎着蝴蝶结。画风生猛，过于写意，根据头上的耳朵和两个漆黑的鼻孔，勉强能辨认出是猪。

唐桃嘴角微微弯起，没来得及凝结成一个微笑，又苦涩地沉下去。

他其实是想她的吧。在舞台休息室里，随手抓起记号笔，写写画画，等待她看见时的调笑或者嘲讽，甚至期待着她去学习，期待她能为他做一些事情，哪怕是微不足道的一盘意面，享受只属于彼此的时间。

唐桃一页页翻看食谱，眼睛发涩，心里的烦闷逐渐被内疚和不舍取代了。

唉，明明那么要好的两个人，为什么要在争吵中浪费时间？既然彼此都倔强，不更要互相包容吗？

似乎是在响应她的心声，手机屏幕亮了。

"吃饭了吗？"夏炽问。

唐桃嘴角猛地上扬。

"还没吃呢，刚回家。"

"天凉了，你注意保暖，多穿点儿。"

"好，你也是。"

"嗯。"

唐桃捧着手机，犹豫了一会儿，开始打字："这周末有时间吗？我公司同事说要聚餐，可以带上男女朋友。"

令人紧张的等待。

半分钟后："周日六点钟后我可以。你同事那儿怎么安排的？"

"我问问，应该没问题。"

"好。"

浴室水声停止了，一分钟后，Chloe裹着一条长浴巾，披散着头发走出来。

唐桃赶紧调换了坐姿，从"小女人"模式切换到"忍辱负重"模式，抬高下巴，冷冷地看着她："洗完了？"

"你家的花洒水太小，换一个吧。"

唐桃用下巴点点对面的沙发："坐。"

Chloe蓝色的眸光动了动，敏锐地察觉到她和平时不同。平日一副唯唯诺诺就怕她这位大小姐不满意的样子，今天却仿佛有了谈判的资本，和她平起平坐了。

"什么事你说吧。"

"你怎么看待柳原家？"唐桃开门见山。

"狂妄自大，土财主，毫无……你们都怎么说的，匠人精神？"Chloe冷冷地说，"这么一帮乌合之众也能成事，我看你们吃东西是真的不挑剔。"

"看来你很讨厌我们？"

"不是讨厌，是厌恶，是鄙视。我们家的糕点传了三代人，我是第四代，从小我在店里的后厨长大，我家的店我比谁都了解。"Chloe语速飞快地说，"你以为有钱就是全部，有钱就能买到我家的技术？你错了！"

唐桃脸色未变，从茶几下掏出一个文件袋，推到Chloe身前。

"这是什么？"

"自己看。"

Chloe一把抢过文件袋，拆开后看一眼就变了脸色。她尖声说："你跟踪我？"

"如你所说，我是柳原家的人，监视你是我的义务。"唐桃慢慢说道，"十天前，你在下午的三点四十分一个人去柳原堂一号店吃甜点，点了十种糕点，都是当季的新品和店员主推的产品；五天前，你去柳原堂二号店，二号店做的是中式甜点，你点了十一种，据店员说，你每种都咬了一口，还认真做了笔记。柳原堂这两年发展得好，在×市除了针对高端会员的柳原堂两家店之外，还有针对游客，在旅游景区设立的简易中式糕点店，你以它为借口发作，不是为难我们，是什么？"

Chloe一时噎住，捏着被偷拍的照片，涨红了脸："那又怎样？"

"收购你们家确实是我父亲的意愿，但这两年AMOUR的经营每况愈下也是事

Chapter 03
明争×暗斗

实，现在被收购，至少还能留下之前的老团队。还是说，你不愿意让国外的企业收购，更青睐本国的？"

"谁都不行！"Chloe尖声说，"那是我家的店，我家的人，我说不行就不行！"

她的情绪比预想中激烈，唐桃沉住气，心想这时候一定不能慌。

她从桌上摸过一张纸，写下一串号码。

"这是我父亲的私人手机号码。"

Chole一愣：“你什么意思？”

"我虽然是柳原家的女儿，但我不是继承人，这些事理应交给长辈们处理。我把你留在家里已经算越权了，更不是长久之计。电话号码给你，AMOUR的未来由你来定。"唐桃有些疲惫地说，"我就不留你了，想找他，请便吧。"

她不动声色地说完这一串话，Chloe还愣在那儿，像忽然不会说中文了。

唐桃又从文件袋里抖出一把钥匙："如果你还没决定好，我也不强迫你，这是我名下房产的钥匙，在环境很好的郊区，你可以过去住。如果没钱花，我也可以以访客的名义帮你申请柳原社的津贴，不过每个月只有四千块。"

这一番话说得太急，唐桃差点儿咬到自己的舌头。幸好Chloe没注意，一直处于神游状态，半分钟后才微微有些回神。

"你看怎样？"唐桃问。

Chole忽然狠狠地出了口气，抓起钥匙，转身收拾好家当，五分钟后就夺门而出。

屋子里一瞬间静了下来，纠缠她的母老虎走了。

唐桃瘫软在沙发上，额头凉飕飕的，全是虚汗。

赌赢了——Chloe没勇气去找藤本直树，要想找，早找到了。

连续几天，唐桃没再被骚扰。

她这才稍稍松了口气，打起精神，去赴周末的聚会。

小满把聚餐地点选在离公司不远的法式餐厅"珐琅餐厅"，价格偏贵但环境很好。唐桃到的时候，小满和大廖已经在点餐了，小黄拘谨地坐在两个女生对面，旁边还有一个不认识的男人。

"哎哟，唐桃来了，这边！"大廖站起来招手，她今天穿了件银灰色的镂花连衣裙，长发用发簪绾在脑后，妆容非常精致，比平时好看许多。

唐桃称赞道："你今天真漂亮！"

"我就不漂亮了？"小满嘟了嘟嘴，指着桌子对面的男人介绍，"这是我男朋友，林亦杰。"

林亦杰戴着眼镜，穿了一件米色外套，很腼腆地站起来和唐桃握手。唐桃很惊讶小满的男朋友居然是这种类型，之前听她们闲聊，还以为小满的男朋友是霸道总裁型。

"好了好了，站着不累吗？"小黄接过唐桃的包，"小林和大家都认识，唐桃你入职之前我们也经常出来聚会的。"

唐桃在小黄身边坐下，接过菜单，忽然发现桌对面放着一部手机。她问："这是……"

"选好了没？"大廖开口，"这边都点套餐，我们已经选好了，就等你。"

"哦，我要B套，这边的青酱意面很出名。"

大廖看她一眼："做过功课啊？"

"之前和男朋友来过，点过A套，没B套好吃。"唐桃实话实说，"不过如果你喜欢巧克力派，A套的甜点更好一些。"

"那我要换成B套。"小满赶紧说。

大廖立刻瞪她一眼："就吃A套吧，都说好了。"

小满飞扬的眼神中闪过一丝委屈。唐桃看着面前表现古怪的两个人，没有说话，低下头看手机。

"长江路堵车，我要晚点儿，大概半小时后到。"

"又堵车啊？我们已经到了。"

"你们先吃，我尽快。"

唐桃想了想："行吧，那你快点儿。"

"你们吃吧，反正那家餐厅也不行，我去了也吃不了几口。"

唐桃气不打一处来，整个×市几千家餐厅，有几家能入得了"夏爷"的眼？

"我男朋友要晚点儿了，路上堵，叫我们先吃。"

其他几个人也没介意，一边喝红酒，一边吃餐前小食聊天。小满的男朋友看起来老实木讷，但熟悉些后言语间也很幽默，几个人的气氛挺融洽的。唐桃了解到，原来他和小满是高中同桌，上大学的时候小林追了小满三年，这才追到手，已经到谈婚论嫁的地步了。

唐桃很羡慕："真好啊。"

Chapter 03
明争×暗斗

"你和夏炽呢？谁追谁？"大廖问。

"其实也没有谁追谁，等反应过来的时候，就已经离不开他了。"唐桃腼腆地说。

"不信。"大廖和小满同时说道。

"不信。"大黄跟着起哄。

这时唐桃的手机响起，她赶紧说："他应该到了，我去门口接他。"

话音未落，五米外的拐角处走来一个男人，长身玉立，着穿一身浅蓝色的条纹西装，完美地衬托出他挺拔的肩背和修长的双腿。他出现的一瞬间，整个包间里的人都抬起头来，每个人心头都闪过各异的心思。

小黄忍不住赞叹："哇，好帅啊！"

"一个男人也这么花痴。"大廖不满。

唐桃迎过去，和夏炽一起往桌边走。她说："穿这么隆重？"

夏炽扫过她白色的衬衣和米色的通勤裤，低声道："是你太随意了。"

"我……我也是打扮过的好吧？"

夏炽低头瞥见她眼皮上闪着的微光——还真是，画眼影了。

两个人来到桌边，夏炽好整以暇地站定，脸上挂着从容的微笑，等唐桃介绍自己。

"之前小满和大廖也见过，这是我男……未婚夫，夏炽，他现在在歌剧团工作。"

夏炽眉头微扬，比较满意她的介绍："你们好，我是夏炽，抱歉来迟了。"

"'夏男神'能来就好。"小黄热情地说，"快坐。"

一共可坐八个人的长形桌子，小满和大廖坐一排，小林、小黄和唐桃坐一排，只有唐桃对面的位置空着。唐桃非常自然地说："你坐我对面吧。"

大廖说："哦，那是黎总的位置。"

唐桃一惊："黎总？她今天来了？"

"嗯，刚刚出去谈事情了，不知道什么时候回来。"

唐桃心中闪过一丝异样，没人告诉她上司会来，之前商量的时候也没说有黎总啊？

唐桃想了想："那你坐……"

一簇含蓄却坚定的目光直直落在她脸上，夏炽的表情像是在说——我都百忙之中

来陪你吃饭了，居然还要我单独坐？

唐桃尴尬得头顶冒汗，拉拉他的袖子："喂……"

夏炽神色不改，像是坏心地刁难她。

"欸，都愣着干吗呢？不是说别等我了吗？"这时，黎薇的声音从背后传来。

大廖立刻说："黎总。"

"不好意思，刚刚去处理点儿事情。"黎薇的视线落在唐桃身上，"小唐，我也想见见这位大歌唱家，所以让大廖带我来了，不介意吧？"

"不介意不介意。"唐桃立刻站了起来。

黎薇抬起头，目光与夏炽相对，伸出手："黎薇，上次见过的，还没来得及好好聊聊。"

"夏炽。"他点头，短促地握了下手。

"小情侣一起坐吧，我坐最边上，不妨碍你们。"黎薇爽朗一笑，将自己的手机从唐桃对面移到边上，说，"坐吧，我都有点儿饿了。"

唐桃点头。她从黎薇出现开始就有点儿晃神，觉得她今天穿得真是漂亮，上身是真丝的白色衬衣，袖口是小灯笼的设计，下身穿了条藏蓝色裤子，衬托出苗条的身材，明明十分简约，却有股说不出的女人味。

她虽然年纪稍长些，但身上散发出的成熟韵味，却是小满、大廖，甚至Chloe都没得比的。

席间交谈十分愉快。

"夏男神"光环太盛，人人都对夏炽和他的工作非常好奇。夏炽话不多，问一句答一句，唐桃在旁边听着，觉得有点儿像采访。

她有些无趣地用叉子搅动着盘中的意面，忽然盘子里伸进一把叉子，叉着半块芦笋。夏炽也没看她，收回叉子，端起杯子抿了口红酒。

唐桃这才笑了，在桌子底下伸脚轻轻踢了他一下。

小满和小黄一连串问题追问夏炽，一贯活泼的大廖却没出声，不着痕迹地打量着唐桃和夏炽，目光在两个人之间来回扫视。没过多久，大廖提议："大家一起碰个杯吧，欢迎唐桃和夏炽，大家都是一个行业的，以后多多交流。"

"这主意好。"小黄立刻接话，短短三十分钟，他已经被英俊高冷的"夏男神"圈粉了。

"来。"黎薇也站起来，举起杯子，"今天我是'不速之客'，我做东，就当是小唐迟来的欢迎会了。"

于是几个人都站起来,碰杯。唐桃的杯子没抓稳,手一抖,高脚杯摔在了桌上,咕噜咕噜滚远了。

红酒在桌布上洇了一大片,还有几滴溅在了衣领上。

夏炽眼疾手快,一把握住唐桃的胳膊:"没事吧?喝醉了?"

"没有没有。"唐桃连忙摇头,"我就喝了两口,哪能醉?我去洗手间清理一下。"

"我陪你。"夏炽放下酒杯,顺手叫来服务员换桌布。

大廖面无表情地坐下,小满则塞了一包纸巾给唐桃。在去厕所的路上,夏炽说:"心不在焉?"

"可能最近太累了。"唐桃纳闷地说,"胸口有点儿闷,不会真喝多了吧?"

"不会喝还逞能。"夏炽想了想,说,"等我手头的工作告一段落,我们抽一天去郊游,正好给夏姜补过个生日,一起放松一下。"

唐桃眼睛立刻亮了:"好啊,你有假?"

夏姜生在二月,本来夏炽二月份难得有假,偏偏夏姜那段时间却特别忙,连生日都没顾上,这件事就拖到了下半年。夏炽将唐桃送到卫生间门口,低下头认真地说:"庆生是一回事,和你约会是另一回事,到时候咱们把他丢在湖边,自己开车去别的地方玩。"

"中国好哥哥!"唐桃竖起拇指。

两人贫嘴了几句,唐桃心里舒服许多,转身进卫生间清理衣服,顺便掏出口红对着镜子补了个妆。

镜子里的人眉目清秀,面容姣好,看得出有些疲惫,眼周有淡淡的黑眼圈。她叹口气,怎么人家二十几岁的小姑娘都花枝招展的,她却仿佛饱受岁月的摧残呢?

奶奶变着法子给她发红包,还不是想让她打扮漂亮点儿?就连淳子这个假小子都开始看时装杂志了,还找名设计师定做了几件衣服,确实好看。

唐桃于是将"打扮"上升到了近期的主要任务,决定明天就拖莫明雪去血拼。

她将口红收回口袋,往出口走,忽然听见黎薇的声音,她脚步一顿。

"你们剧团最近发展得不错,签下了好几个剧场的长期合约,不知道你以后打算怎么发展?还和他们续约吗?"

"这个我还在考虑,老剧团确实资源好,但新老观念冲突比较剧烈,我也在观望

中。""确实,你这样的人才,肯定有很多公司求贤若渴,我还真是瞎操心了。"黎薇笑了笑,"我们工作室长期负责歌舞剧的舞美设计,近期一个最新的芭蕾舞作品也要开始公演了,有空和唐桃一起去看,我有内部票。"

"谢谢,有空会去。"

"这是我的名片。"黎薇从口袋里掏出一个精致的名片夹,"以后有需要直接打电话给我,我很乐意为祖国的新星出一份力。"

"过奖了。"夏炽的声音还是波澜不惊。

唐桃又等了一会儿,确定黎薇走了,才放轻脚步走出来。夏炽看着她蹑手蹑脚的样子笑:"做贼呢?"

"你和黎总聊什么呢?"

"她想扩展业务吧,你们老板倒是很有头脑。"

短短几句话,唐桃居然从他语气中听出了一丝不情愿。于是问:"你不喜欢她?"

"我喜欢你老板干什么?"

……

也有道理。

"喏,名片。"夏炽用两根手指夹着,"怎么处理?"

"你拿着吧,万一真能合作,我就去申请当主设计师,嘿嘿。"

夏炽默默瞧了她一会儿:"那我还是扔了吧。"

唐桃立刻挥拳去打他,两个人在卫生间门口笑成一团。

Chapter 04
生日×出走

聚餐的小插曲很快过去，唐桃忘掉了心头怪怪的感觉，又投入忙碌之中。

芭蕾舞的项目告一段落，唐桃重新回到工作室，处理后期的杂务。这天下午，唐桃刚从外面买午饭回来，就见小满踮着脚朝门口张望，手上还拿着半张饼，没来得及吃完。

"看什么呢，这么专注？"

"快来看好戏。"小满一把拉过唐桃的胳膊，"芭蕾舞公演砸了，林迦来这儿负荆请罪呢！"

林迦这个名字有点儿陌生，唐桃仔细想了想，才反应过来是黎薇曾经让她接待的芭蕾新秀。她立刻问："负荆请罪？什么罪？"

"他呀，首场公演就演砸了，或许是心理素质有点儿弱，直接从舞台上摔出去，差点儿把下巴给磕掉。整个团队也丢尽了脸，第二场演出他就被替补换掉了。"

唐桃吓了一跳："这么严重？他不是天才芭蕾舞演员吗？"她又向公司大门那边望了望，"那他为什么要来这儿请罪？"

小满灵动的大眼睛忽然扬起，在她脸上仔细地扫了一圈，表情也很微妙，好像在惊讶怎么她连这个都不知道。她忽然凑近，压低声音说："其实啊，林迦和黎薇……"

"小满！"大廖忽然不知道从什么地方冒出来，往两个人身后一站，"上午叫你做的事情都做完了？还有空在这儿看风景？"

小满立刻收起了笑："午餐时间，干什么活？"

"那也别在这儿嚼舌根，唐桃你也是，跟着凑什么热闹？"大廖说，"今天下午要完成所有资料，我们都得抓紧时间。"

唐桃的目光还停留在门口，那里，横着的沙发上，露出林迦外套短短的一截衣角，皱巴巴的。

快下班时，出去跑了一天的小黄才回来，满头大汗，包都来不及摘，瘫在工位上直喘气。小满和大廖已经下班，唐桃正在收拾东西，见状，拧开一瓶矿泉水递给他。

"逛了不少展吧？累成这样。"

"可不是，两个展，一个城南一个城北，坐公交就用了一个半小时！"

"干吗不打车？"

小黄露出疲惫又腼腆的笑容："月底了，钱包空空，能省点儿就省点儿。"

"这应该算公务吧，打车费可以报销的。"

Chapter 04
生日 × 出走

"算了吧,我看展也算是自己学习的机会,就不给公司添麻烦了。哦,对了,"他从包里拿出一张铜质的书签,"你也喜欢这个设计师吧,我看展区有卖纪念品的,买了这个送你。"

唐桃忍不住笑了,在这个表面风平浪静,实则暗流涌动的工作室里,只有小黄实心实意为他人着想,为人善良又温厚。她望了眼门口,问:"你进来的时候看见林迦了吗?"

小黄喝水的手忽然一顿:"看见了,还在呢。他坐在大门口,就是做给全公司的人看,这两天人人都在议论。"

"他到底想干吗?"

小黄眯起眼,令他本来就不大的眼睛更显得小得可怜。他嘴巴为难地动了两下,又左右看了看,说:"这件事我们老员工多少知道一些,你是新人,她们不一定会说。其实,近来黎总一直有培养表演艺术家的打算,她想签一些有前途的文艺工作者,归于工作室名下,直接为她做项目。"

"黎总要成立自己的表演公司?"

"差不多是这个意思,黎总也不是第一个,×市有实力的工作室都喜欢在演员身上下功夫。这个林迦是她从莫斯科挖来的,培养了好几年,本来说好一结束公演就和工作室签约的,结果演砸了,现在莫斯科的团队待不下去,黎总好像也不打算见他。"小黄深吸一口气,把水放回桌上。

"过河拆桥"——这四个字忽然闪过唐桃的心头。

"这件事也是之前大廖无意间偷听到的,她告诉小满,小满又去跟别人说,现在半个公司的人都知道了,但没人敢说出来。你知道了也别提。"

"我懂。"唐桃面色有些凝重地回答。

此后三天,林迦每天早上八点钟准时出现在大厅门口,一直等所有人都下班了才走,依旧没等到黎薇。

唐桃时常会向大厅张望,有一次瞥见了林迦的半张脸,哪还有之前见面时清新从容的模样,头发凌乱满头大汗,俨然是被逼到绝路求救无门,在做最后的困兽之斗。

唐桃有些不忍心,但她明白公司的事情她无权介入,也没什么安慰别人的资格。

第四天,唐桃特意早起买了咖啡和面包,放在林迦常坐的那张沙发前的桌上。值班小姐姐冲她一笑,说:"唐桃,人家今天可能不会来了。"

"事情解决了?"唐桃惊喜。

"解决了,但不是林迦想要的结果。"小姐姐吐吐舌头,"不同人不同路,我们看着心疼,又有什么用呢?"

唐桃握着滚烫的咖啡杯,觉得心凉飕飕的。接下来的几天,她果然没看见林迦再出现过。

九月的最后一天,天气转凉,一贯怕冷的唐桃穿上了薄薄的针织衫,也就是这时,唐桃发现了一个要命的问题——她的项链丢了。

对,就是那条她无比珍惜,用夏炽送她的纽扣穿起来的项链。

工作之后,她经常被同事盘问这条低调的项链背后的故事,唐桃一贯脸皮薄,思前想后,还是把那条项链摘下来收在家里,平时轻易不戴。她记得最后一次戴是那天公司聚餐,她去卫生间摘下项链擦蹭到衣领上的红酒,之后项链就不见了。

小黄正在埋头打字,一抬头忽然对上唐桃圆瞪着双眼:"哇!你要吓死人啊!"

"你看见我的项链没有?上面有纽扣,最普通的那种。"

"我连我喝水的杯子都经常找不着,还能注意到你的项链吗?欸,很重要吗?重要我帮你一起找啊。"

"这儿你帮我盯一下,我半个小时后回来!"

"不用回来了,还有一个小时下班,你有事就提前走吧。喂,唐桃,你听见没有?"

唐桃充耳不闻,拎着包直接往珐琅餐厅跑,在和工作人员说明情况后,又跑去查看了卫生间。工作人员在遗失物品中找了三遍,没找到任何项链。

"麻烦您再好好找找,那条项链很不起眼的,就一颗扣子在上面,普通的衣服扣子!"

"小姐,我们真的都找过了,没有。平时就连客人丢失的一张名片,我们也会标记好遗失日期交给库房保管,怕的就是会给客人添麻烦。我们找过了,是真没什么项链。"

唐桃只觉得五雷轰顶,眼前一阵阵眩晕。那枚纽扣要追溯到学生时期,是夏炽向她表白的信物,虽然不值钱,但也承载了人生一段无法取代的时光。

晚上,唐桃失魂落魄地回到家里,望着天花板神游太虚。

Chapter 04
生日 × 出走

忽然莫明雪打来电话。

她有气无力地接起:"喂?"

"十一放假有什么打算?你不是说要给夏姜过生日吗?定在几号?"

"不知道。"

"不知道?策划这种事情你不是向来最热心吗,怎么会不……"莫明雪风风火火的声音一顿,"你在哪儿?"

"家里。"

"怎么有气无力的?"

唐桃把项链丢了的事情跟她说了一遍,本以为会遭到无情的嘲笑,没想到莫大小姐沉默了一会儿,居然无声地叹了口气。

唐桃的耳朵立刻竖起来了,莫明雪叹气,怕是明天有雷暴哦。

"怎么了?你有烦心事?"唐桃赶紧问,"说出来,我帮你出谋划策。"

莫明雪明显欲言又止,两个人之间只能听见彼此的呼吸声。过了好一会儿,莫明雪说:"你能有什么主意……"

"你说!"唐桃将胸脯拍得砰砰响,"只要你说,我就有主意!"

事情还得从半个月前说起。

半个月前,莫明雪特地提前半天从公司离开,就为了赴之前和陆长歌说好的约会。她做了全身SPA(水疗),弄了头发,在梳妆台前正准备化个妆,陆长歌的电话打了过来。

"今天晚上别化妆,来了有惊喜。"

怎么回事?

什么惊喜?

惊喜和化妆有什么关系?

作为十几岁就深谙社交之道的莫明雪来说,化妆是基本的社交礼节,不化妆就跟不带枪上战场似的,危险。她虽然眉目清丽,不化妆也漂亮,但明明能做十分的美女,为什么要扣一分?

更何况,是在他前面。

莫明雪盯着镜子里的自己,一会儿扬扬眉毛,一会儿动动嘴巴,观察了将近二十分钟。最后,她想到自己一直没怎么迁就过陆长歌,每次都据理力争争强好胜,偶尔妥协一次也没坏处吧?

更何况，还有"惊喜"。

即使嘴再硬，毕竟是女孩子，就喜欢惊喜。

于是她换了一件白色的衬衣和裤子，蹬了一双裸色高跟鞋，开车去找陆长歌。

晚上六点钟，研究所的人都下班了，只有陆长歌实验室的灯还亮着。刚一进门，就看见他埋首在仪器前的背影。莫明雪在门口站了一会儿，见他还没有反应，不由得咳嗽一声作为提醒。

陆长歌立刻抬头，转身道："你来……"忽然一顿，"怎么戴了口罩？"

"不化妆怎么见人？"莫明雪别扭地说。

"上高中的时候你也不怎么化妆的。"陆长歌耸耸肩。

可恶，这种时候不是应该说"你不化妆也很漂亮"吗？

莫明雪被他看得不自在，问："接下来我们去哪儿？"

"哪儿也不去，就待在这儿。"陆长歌拉过一把椅子，"过来坐。"

莫明雪搞不清他到底要干吗，只觉得他一贯严肃认真的眉眼都藏着笑，鼻梁上的镜片也闪着诡异莫测的光，像一只计谋得逞的狐狸。

莫明雪依言在椅子上坐下，面前放了一面大镜子。她问："照妖镜啊？"

"不敢不敢。"

陆长歌不知从哪里拿出一个大袋子，放在桌边，然后伸手摘掉了莫明雪的口罩。

陆长歌静静地端详着镜子里的人：细长的眉毛，大而有神的双眸，羽扇般浓密的睫毛，挺直秀气的鼻梁，还有时不时流露出倔强性格的嘴唇。他眼底闪过一丝笑意，打开放在桌上的化妆包，掏出几个瓶瓶罐罐。

居然是化妆品。

莫明雪花了一点儿时间理解眼前的状况，难以置信道："你要给我化妆？"

"不行吗？"陆长歌将打底霜挤在手心，轻轻搓开。

莫明雪惊得眼珠子快掉了："你会化妆？"

"高中学歌剧的时候我在后台工作过，帮演员化过妆，多少有点儿底子。"他用手指蘸了蘸打底霜，轻轻地抹在她的脸上。

陆长歌神情专注，在她还震惊愣神的空当，已经上好了半面底妆。他往后退了一步，两个眸子炯炯有神地盯着她看，像艺术家在欣赏自己的画作。

莫明雪有些脸红："你看什么？"

他不答，继续给她上妆。

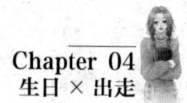

陆长歌的动作熟练又轻柔,非常连贯,能感觉出十分专业。莫明雪搞不清他的意图,就任由他在脸上捣鼓,半个小时后,粉底、眼线、眼影、眉毛、口红……整个妆完成了。

说来好笑,这是他们在一起以后,心灵最贴近的一刻了。

"好了。"耳边传来他的声音。

莫明雪睁开眼,看着镜子中的自己。

令人惊艳。

眉如远山,美目含情,他选的唇彩颜色居然很好看,红艳中带一点儿橘色,和整个妆容完美地结合在一起。莫明雪十几岁就已经学会了化妆,没想到陆长歌的化妆技术居然不在自己之下。

莫明雪明明很满意,脸上还要装出不屑的样子,对着镜子左看右看:"还行吧,不算太差。"

陆长歌笑了:"谢谢莫大小姐赏识,不甚荣幸。"

"这就是你说的惊喜?也太惊了吧?"

"不喜欢?"

"唔……还行吧,凑合。"

其实她心里已经乐开了花。

"这套化妆品送给你,你带回去用吧。"

"你公司的新产品?"

"对,是我参与研发的。"

"哦……"莫明雪拖长了音调,眼神扫过那些瓶瓶罐罐,"定价多少?"

"这一套定价两千多吧,算是中高档化妆品,针对二十到三十岁的白领女性。"

莫明雪抿了抿唇,眼睛一直移不开镜子,又问:"你的化妆技术不错啊,这么多年手还没生。"

"前段时间找我们研究所的小姑娘练手的。"陆长歌站起身活动了一下酸痛的肩背,漫不经心地说,"即使是我,也不可能把你们女人用的东西记得这么清楚。"

听到这儿,电话那头的唐桃心中浮起一种不好预感。

"所以,你冲他发火了?"唐桃试探。

"所以,我冲他发火了。"莫明雪长叹一口气。

"他那么有心，你就别计较这些小事了，抓重点。"唐桃有点儿想笑，"陆长歌那个人，肯在你身上花这么多时间和心思，说明是真的喜欢你，你不要太傲娇嘛。"

莫明雪自知理亏，久久没有说话。过了一会儿，说："还不止这样。"

"什么？"

"那天我跟他发火，回家之后，第二天才想起来上网查查他们的新产品。那个产品……"

又没声儿了。

唐桃竖起耳朵，循循善诱："那个产品？"

"产品的名字，叫'明雪'系列……他应该是用我的名字命名的。"

随着说话声，莫明雪的脸"噌"地红了。

唐桃夸张地尖叫起来："啊！这么甜吗！他也太有心了！"

莫明雪在闺蜜的叫声中无地自容："还好吧，我们已经半个月没有联系了。"

"他送你这么大的惊喜，你还跟他赌气啊？想想，那个化妆品上市后，所有人用的都是你男朋友以你为灵感研发的产品！"唐桃说，"要不这样吧，你主动邀请他去夏姜的生日会，我和夏炽商量一下，给你们制造机会重归于好。"

莫明雪一顿："夏姜……"

"怎么了？"

"没事。"她的声音居然带上了笑意，"定好日子通知我，我过去。"

夏姜在大学期间，混得可谓风生水起。

第一次考学失败后，次年，他以专业第一名的成绩荣耀入学×市医大，并在两年内修完全部专业课，破格成为任萱的研究生。读研期间，又以完美的表现和巧舌如簧的一张嘴讨得院长欢心，两年之后研究生毕业，拿到了×市医大的博士录取通知书。

此时刚本科毕业的同期生纷纷表示，电梯都没他升得快。

任萱也很心塞，因为明年，她也要被迫加入院长的课题组，成为夏姜的附属导师。

夏家一共两个儿子，夏炽一直过于优秀，很容易让别人忽视了这个顽皮的弟弟。现在看，夏家的基因不是一般的可怕，只要他们打定主意做的事情，没有一件不成功的。

唐桃和夏炽商量后，将庆生活动定在十月四日，大家一起去郊外烧烤。

Chapter 04
生日 × 出走

很快，郊游当天。

唐桃和夏炽是主办人，提前三个小时从家里出发，租了一辆大车，带上便携冰箱、烧烤架等必须物品。×市郊区有一片度假村烧烤区，一边靠着古老的森林，一边是一片镜面似的大湖，中间是修剪过的草坪，还搭建了露天的凉亭和椅子。

唐桃选了最靠湖边的位置，一下车就忙开了，把提前腌制好的肉和蔬菜从便携冰箱里取出来，又在亭子的柱子上挂了喜庆的生日装饰品。夏炽把烧烤架搭完，好整以暇地坐在椅子上，说："你会把夏姜吓跑。"

"为什么？我选的这个多好看。"唐桃举着手中两个粉色的"生日"大字，"过生日嘛，难道要挂个黑色的？"

夏炽表示自己什么都没说。

"你怎么把他约出来的？平时我发消息他都不回。"唐桃说。

"简单，擒贼先擒王。"

"王？"

"我管不了他，父亲不想管他，总有人管得了他。"

话音刚落，就看见一辆黑色的越野车远远从路的尽头驶来，后轮呼啦啦地掀起路边的灰尘。唐桃一喜："谁的车？"

越野车精准地停在亭子边，随后车主开门，下车，两条长腿往地上一戳，动作异常潇洒。唐桃眼睛都看直了，有些不敢认："夏姜？"

夏姜笑着眨眨眼："好久不见，你又胖了。"

夏姜穿了白色衬衫、黑色西裤，套了件灰色格纹小马甲，一头黑发似乎烫过，在含笑的眼角眉梢蜷曲成俏皮的弧度。他双眼一弯，那对和夏炽颜色迥异的黑瞳中笑意盈然，神情也从容大方，俨然是个引人注目的明日之星。

有了夏姜的加入，布置进展很快，半个小时后，莫明雪、陆长歌和淳子也陆续到了。淳子像一只猫一样从车里钻出来，径直拉着唐桃来到湖边，问："姐，Chloe的事你到底怎么办的？上次也不说清楚。"

"暂时没事，我先稳住她，后面的事情我也没想好。"

"稳住？她现在在哪儿？还在你家吗？"

"没。"唐桃一顿，眼睛看向夏炽的方向，"我把她藏起来了。"

"就像我之前跟你说的，Chloe之所以没胆量找我父亲，是因为她心里也拿不定主

意,到底要不要卖了家族产业。她对AMOUR感情很深,可家中忽遇变故,以她自己的力量没法经营AMOUR,她也迷茫着呢,我们先不要催,静观其变。"唐桃解释。

"可是……"淳子满脸焦急。

"别可是了,今天叫你来给夏姜过生日,你就放松一点儿,好好吃好好玩,好不好?"

六个人围着烧烤架,夏炽和陆长歌负责烤肉,唐桃负责烤蔬菜,莫明雪和淳子端着饮料在聊商业方面的问题,夏姜一个人悠然自得地端着盘子从烤架上挑东西吃。

长时间站在烤架边的唐桃已经开始热得出汗,她擦了擦额头,从烤架上捏了一小条金针菇放嘴里——又香又软,好吃!

突然一个装满肉的塑料盘子递到她嘴边,夏炽围着和他的气质很不相称的白围裙,另一只手举着钳子,对她说:"到那边吃去。"

唐桃笑:"蔬菜还没烤完呢。"

"我替你。"

唐桃偷偷看了陆长歌一眼,对方还是埋头烤肉,一言不发。

对哦,这两个男生从高中开始就不对盘。

唐桃乖巧地捧着盘子,坐到亭子里开始吃起来。夏姜乖乖地递来一杯汽水,并用手给她扇风:"辛苦嫂子!"

"别叫嫂子,你以前不都叫我唐桃吗?"

"你们订婚了,当然是嫂子。"

"你叫得我浑身鸡皮疙瘩都起来了。"唐桃撇嘴,"快说,夏炽抓到了你什么把柄了?能把你拎过来?"

"唉,你说他,好好说的话我不一定不来,非要打电话给我导师。"

没等唐桃发问,夏姜忽然做了个噤声的手势:"她来查岗了,我先接个电话。"

"喂,教授……嗯,我和我哥他们会合了,烤肉挺好吃的。"他看了一眼唐桃,"好,我叫她接电话。"

说完,夏姜把电话递给唐桃:"任教授。"

唐桃一愣。她对任萱既崇拜又钦佩,忽然要接她的电话还有点儿紧张,于是说:"任教授好,我是唐桃。"

电话那头顿了两秒,任萱压低声音:"他真的在和你们烤肉?"

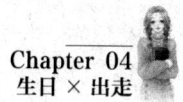

Chapter 04
生日 × 出走

"对,今天就当是给他补过生日了。"

"尽量多拖一会儿,晚上再放他回来,我一周没睡过好觉了,天天被他缠着做实验!"任萱语气中透露出一丝气急败坏,"拖久点儿!千万别让他提前溜了!"

唐桃看了一眼夏姜,他正端着饮料,神情自若,嘴角甚至挂着了然于心的笑容。

唉,小时候就是魔星,长大了更是魔王啊。

唐桃把电话还给夏姜,说:"任教授这么忙,你刚开学,先搞点儿自己的研究,不要老去烦她吧?"

"我就要缠着她。"夏姜说。

"你又不是小孩子,人家有自己的研究生要带,哪能天天照顾你?"唐桃失笑。

"她就是要照顾我,她就该照顾我,是她带我走上这条路的,那么以后,她也别想离开我的视线。"夏姜漂亮的眼中倏地闪过一股幽光,很快又隐去,"要不然,换你照顾我?"

唐桃立刻闭嘴,腹诽着:任教授,能力越大责任越大,我帮不上您了。

吃到半饱的时候,大家的话匣子也慢慢打开了。几个人都坐进亭子里分陆长歌带来的蛋糕,唐桃这才得知陆长歌在美国远比她想象的优秀,身边围绕着无数肤白貌美的追求者,于是借机打趣道:"那你是怎么看上莫明雪的?"

莫明雪白了她一眼。

陆长歌微笑:"家有恶犬,生人勿近。你应该问,那些女生是怎么被吓跑的。"

唐桃"扑哧"一声笑出来。

莫明雪的塑料小杯子快被捏碎了。

唐桃朝莫大小姐使眼色——愣着干吗,反击啊!吵着吵着不就和好了?

莫明雪咕噜咕噜灌下一杯冰茶,脸涨得微红,一句话都不说。

夏姜打岔:"今天我是寿星,没礼物吗?"

"你不提我都忘了。"唐桃从箱子里取出一个异常大的盒子,包装精美,"这是我和你哥合送的,打开来看看。"

夏姜接过,拆开。里面是一整套定做的西装,设计简约稳重,还配了两副颜色不同的领结和袖口,十分耐看。夏炽挑的西装店太贵,说是合送,其实只有那两副领结和袖扣是唐桃买的。

夏姜拎起外套,在身前比了比,笑:"谢谢。"

"你也该懂事了,不能再任性了。以后有空多回家看看,陪陪父亲。"夏炽老成

地说。

"我和你一起回家陪父亲。"夏姜说。

"你自己去。"夏炽皱眉。

"行了行了,过生日还要吵架?"唐桃无奈。

其他人也准备了礼物,陆长歌送了一个车钥匙挂件,精巧漂亮,夏姜爱不释手。淳子的礼物是一大盒乐高立体拼图,哈利·波特主题,至少够玩两个月的。大家都知道夏姜爱玩儿,送的礼物也都花里胡哨的,唯有莫明雪难得面露笑容,一动不动地盯着夏姜看。

唐桃好奇:"你的礼物是什么?"

莫明雪从包里掏出一个小盒子,半本书那么大,递到夏姜手上:"是你最需要的东西。"

夏姜拆开包装,刚一打开盖子,脸色瞬变。他用力地把盒子盖上,表情狰狞:"多谢。"

莫明雪心情畅快:"看你之前去试药,这不,药一上市我就买来送你了。"

"药?什么药?"唐桃一听"药"字就神经紧张。

"增高的药啊。"莫明雪恶趣味地扬起眉,"上次陆长歌的研究所开发增高药,对外招募志愿者,咱们夏博士亲自赏光,还不止来了一次呢。"

说完,两个人的目光相撞,火花四溅,恨不得扑上去互相撕咬一顿。

陆长歌和淳子都在看戏,夏炽好整以暇,叉了一块蛋糕上的水果放进嘴里。唐桃悄悄凑过去,低声问:"增高药……有用吗?"

夏炽淡淡地说:"希望有用吧。"

几个人一直闹到晚上八点,收拾好东西,天上已经亮起几颗星星,比城市夜空中的更大更明亮。

莫明雪和陆长歌先行离开。淳子又拉着唐桃说了会儿话,和夏姜一起离开。夏炽和唐桃把收拾好的东西搬进后备厢,唐桃望着湖上美丽的夜色,轻嗅着草地间清新的香气,说:"真舍不得啊。"

"舍不得什么?"夏炽问。

"工作以后,和朋友聚在一起的时间越来越少了,平时就是跑场地和写文案,我感觉自己就像个机器人似的。"

Chapter 04
生日 × 出走

"我没有这种感觉。"夏炽说。

"那当然,你那么喜欢歌剧。"

夏炽面露深思:"在公司里不开心?"

"没,公司挺好的,是我能力有限,一直做不到自己想做的事情,有点儿郁闷。"唐桃神色暗淡,半晌,问,"之后黎薇联系过你吗?"

"没有。"

哦,那就好。

唐桃心里一松,又和他一起安静地看了会儿夜色,说:"我们回去吧!"

晚上九点整。

Chloe横躺在客厅的沙发上伸展腰肢,纤长的双腿耷拉在地上,皱眉盯着在黑暗中发光的屏幕。

望门烧烤,单人烧烤套餐,25块。

鲜香麻辣烫,全荤单人套餐,22块。

西北凉皮,一份18块。

她用大拇指不停往下滑动,饿得眼睛发绿,视线也直勾勾的。半分钟后,她把手机扔在地上,整个人懊恼地蜷缩成一团,发出意味不明的哼哼声。

完蛋了,余额还有九块钱,连一份凉皮都买不起。

自从住进唐桃在郊区的房子里,她每天哪儿也不去,叫叫外卖看看电视,浑然不觉时间的流逝。藤本直树的名片放在桌上,被她每天睡觉前攥在掌心反复看,原本平整的边角皱得像草纸,她却始终没勇气拨通电话。

所有人都以为她是来闹事的。

其实别说是阻止藤本直树签约,就连法国那边现在的情形,她都不知道。

腹中传出饥饿的长鸣,Chloe长叹一口气,第八次打开冰箱寻找可以吃的东西,除了矿泉水外空无一物。前几天她大手大脚花钱,经常点四五个菜只吃几口,搞得现在断粮了。

她的视线越过冰箱,投向门边的垃圾桶。昨晚的剩菜过了十几个小时,还能吃吗?

不行,吃坏了没钱看病。

大小姐Chloe思前想后,从包里掏出了之前在机场兑换的几百块人民币,换上衣服

下了楼。

金发碧眼的大美女十分惹眼,路人们纷纷行注目礼。Chloe即便是在法国也是万里挑一的漂亮,早就习惯了别人的注视,她气定神闲地来到公寓楼下的小吃街,挑剔地用目光不停打量。

这些店不像网上点餐能看到实物图片,Chloe不大认识中文,对着一大堆花哨的店名直发怵。几个面馆里的食客注意到Chloe,坐在店里冲她招手,Chloe忽然有些腼腆,也冲他们笑了笑。

这时,她的余光扫到这家面店最里面一个金色头发的背影。她心头一喜,立刻走进去,发现这家店的菜单上有图片。

她这才放心坐下,开始琢磨菜单。

在老板娘的热情推荐下,她点了份面皮,又要了个驴肉火烧,差一瓶啤酒就和旁边桌的大爷吃的一样了。等饭上桌期间,她的视线好奇地在金发人身上转圈,那人穿了一件黑色连帽衫、牛仔裤,拿着筷子也不吃面,低头不知道在看什么,嘴里还念念有词的。

看年纪也不大。

怪人。

没多久,面被端了上来。Chloe瞥了一眼白花花的面皮,抓起辣椒油狠狠地洒了上去。面皮刚送到嘴里,她就被呛得猛地咳嗽了两声,这辣椒的力量出乎她的想象,感觉有一道火直接从舌头烧到喉咙。

咳嗽声惊动了前桌的人,那金发男子回过头,看见Chloe面色赤红,于是眼疾手快地从冰柜里抓出一瓶冰水,递给她。

Chloe喝完大半瓶水,还是觉得舌头没有知觉。

"很辣吧,这儿的老板可是四川人。"男子很有经验地说,又抽出两张纸递给她,"沾了辣油的面就别吃了,或者你重新点一份。"

Chloe眼泪鼻涕齐出:"你中文说得挺好啊。"

"可不,我小时候在中国长大。"

Chloe瞥他一眼:"英国人?"

"嗯,英国人。"

"你,意大利人?"

Chapter 04
生日 × 出走

"法国人！"Chloe说。

男子耸耸肩："好吧，分不清。"

Chloe抹着鼻涕，眨巴眨巴眼，这才看清男人英俊的面孔和他桌子上放着的厚书，上面密密麻麻全是笔记。男子解释："哦，我明天要考试了，抱佛脚呢。"

"你是大学生？"

"才上大二，我本来不想考大学的，后来我经纪人……我哥们非逼我考，说对以后有好处。"

"那你学的什么？"

"油画。"

Chloe"哦"了一声。

"算了，我不吃了。"Chloe说，"太辣了，辣得我没胃口。"

"旁边那家骨头汤还可以，如果你喜欢喝汤的话。"

两个人又聊了几句，男子一颗心还挂在书上，显然没有深聊的欲望。Chloe兴味索然，说道："我走了。"

"好。"

"你也住在这个小区？"

"不，我住宾馆，离这里不远的展览馆不是在办画展吗，我白天都在那里。"男子想起什么，从外套口袋里掏出一张名片，"这是我的名片，有空可以来看画展。"

Chloe也没说什么，付了钱之后，独自离开面馆。

路灯下，她站定，仔细读着名片。

自由画家，劳伦斯·格林。

国庆假期后，新的秋季项目重新分配到工作室的各个部门，唐桃所在部门的工作也越来越杂，经常要配合别的部门跑现场、做文案。工作量翻倍，工资却原封不动，唐桃听小满抱怨了半个月，耳朵都快起茧子了。

"行啦，工作也不是做不完，实在不行周末一起加班呗。"唐桃说。

"说得倒轻巧，你愿意加班，我才不愿意呢。"

小黄递过一条巧克力："满小姐，吃糖。"

小满腮帮子动了动，笑了："这还差不多。"

大廖最近一直在外面出差，偶尔回来也不怎么说话，似乎和大家有了隔阂。

这天,唐桃正在专心致志地写东西,桌边被人敲了敲,大廖拿着一个文件夹,面无表情地说:"黎总找你。"

唐桃一愣:"黎总?"

"三号会议室,现在就去。"

唐桃和小黄交换一个眼色。三号会议室在公司最里面,是高层开会的地方,唐桃隔着老远就看见玻璃门里,黎薇穿着一身精干修身的白色衬衫,耳朵上挂着两只金色的环形耳坠,手上握着一支钢笔,正埋头在文件上写着什么。

唐桃敲门。

"进来。"

唐桃走到黎薇身侧:"黎总,您找我?"

"坐吧。"

黎薇也不抬头,笔尖在文件上点击着,显然在斟酌什么。两分钟后,她忽然把文件推到唐桃面前,笑着说:"你看看。"

"这是?"

文件标题为"福斯剧院调查报告",第一页附上了剧院的照片,还有这几年详细的演出活动介绍。唐桃简单地扫了下文件,说:"福斯剧院就是城北那家美国人投资的小剧院吧?"

黎薇笑说:"你知道?这个剧院虽不算大,但历史悠久,四十年前是红极一时的剧院,办过许多知名的演出和展览。"

"嗯,听说过。"——听夏炽说过。

"我就开门见山了,最近福斯剧院和国家戏剧院合作,聘请了美国一位大师进行歌舞剧创作,他们对外公开招募舞美团队,一旦中标,连续三年都能作为剧院的合作团队,对提升工作室的知名度有很大帮助。"

唐桃问:"哪位大师?"

"罗伯特·约翰逊。"黎薇说,"我想你听说过。"

确实耳熟。

唐桃的眼睛慢慢睁大:"罗伯特·约翰逊!"

这个名字曾出现在大二的戏剧鉴赏教科书上,还不止一次。

"约翰逊先生今年五十五岁,是美国非常前卫的剧作家及舞台导演,他培养出了许多当今首屈一指的舞台团队和艺术表演家,对很多国内的工作室来说,跟他合作无异于鲤鱼跃龙门，或许能一举打开国际市场也说不定。"

唐桃咽了咽口水："那咱们公司准备参加是吗？"

黎薇抿唇一笑，一双漂亮的眼睛弯起来，伸手拍了拍唐桃的手背，亲昵地说："你以为我叫你来干什么？"

唐桃的心跳加速："我……"

"咱们工作室虽然也接过不少海外歌剧项目，但约翰逊先生的性格素来刁钻，又爱好实验艺术，这确实是我们的短板。"黎薇语重心长地说，"平心而论，我们中标的可能性并不大，但我觉得这是和国内先进舞美团队切磋的好机会，哪怕是去学习，也不会白花这一个月的时间。"黎薇看向她，"你觉得呢？"

万万没想到，黎薇居然把这么重要的事情交给自己，唐桃十分忐忑："我经验不足，怕给工作室丢脸。"

黎薇摇摇头："正因为你是新人，思维没有僵化，而且之前你跟我跑现场，谈工作，对人对事都很周到得体，交给你做我也放心。你要去，就抱着学习的心态，哪怕方案不入围都没关系，回来之后写个报告，做个分享会，也让大家了解一下世界前端的舞台设计思维。"

唐桃当下就心动了，她一直想脱离文案的工作做舞美设计，现在机会就摆在眼前，哪有拒绝的道理？于是说道："黎总，我不成功您也不怪我？"

"我亲自去都没什么成功的自信，又怎么会怪你？"

"好，我一定好好做！"

"你从公司挑个人帮你，明天一早就去福斯剧场报到，需要的材料我让秘书发给你。"黎薇收拾好资料，站起来，"记住，你出去就代表了黎薇工作室，保持好奇心，但也要谨言慎行。"

"好的！"唐桃激动得满脸通红，一口答应。

Chapter 05
考核×谜团

第二天上午九点,唐桃和小黄准时来到福斯剧院。

福斯剧院曾是一处规模中等的军官宅邸,后来被改造成歌舞剧场,活动还算频繁,一年有将近三四十场演出。两个人先去了登记处登记签字,小黄说:"谢谢你啊,这么好的事想着我。"

"也不一定是好事,万一搞砸了呢?"

"能出来见识见识总比坐办公室强。"小黄笑笑。

舞美团队的甄选一共分为三场,第一场的地点就在福斯剧院。唐桃在黑压压的人流里茫然四顾,小黄比她早入行,顺手指点她:"你看那个染了黄头发的,是思域工作室的主设计师之一,我们的死对头。当年黎总重金想挖她来,没请动。"

"是她啊……"唐桃有所耳闻。

"还有前面那个光头,对,背帆布包的那个。他去年获了国际设计比赛大奖,炙手可热,估计这次来的目的不单纯,说不定要给自己找东家。"

唐桃听着小黄的指点,努力认人。九点半,所有参赛者进入歌剧厅,只见能容纳三百人的环形剧院空空荡荡,只有舞台灯亮着,正中央放着一部古老的留声机,缓缓转动,动听的音乐从黄铜的喇叭中流泻出来。

参赛者都有点儿摸不着头脑,没人说话,一时间歌剧厅飘满器乐声。

漫长的二十分钟后,才有一名工作人员走上台,拍了拍喇叭,说:"欢迎各位,话不多说,你们参选的第一个题目,是根据这首乐曲做单幕的舞美场景,手绘与制图皆可,五天内发送到指定邮箱,入选结果我们会邮件通知。"工作人员机械地说,"门口登记处开始发放号码牌,请每组领取一个号码牌,提交方案时记得在邮件标题备注。"

唐桃眨巴眨巴眼睛——这就完了?

显然有人不乐意了,提高声音喊:"约翰逊先生呢?不出来见我们?"

"约翰逊先生昨天晚上喝多了,今早没起来。"

底下一片哗然。唐桃看见之前那个光头立刻变了脸色,一副被侮辱了的神情,转身就走。

唐桃和小黄又仔细听了会儿音乐,拿完号码牌后,找了家咖啡厅吃午饭,顺便一起讨论一下。小黄也是×市的知名学校毕业,基本功非常扎实,唐桃和他讨论着方案,自己也学到了不少东西。

竞标期间他们可以自行安排工作时间,下午两点时,小黄说:"我一会儿要去一

Chapter 05
考核 × 谜团

个展,你是先回家休息一下,还是跟我一起去?"

唐桃翻看着铺满桌子的草稿纸,心思全在草图上:"我先回家吧,找找资料,咱们可以晚上碰面,或者在家里开语音会议。"

"行,反正五天时间,咱们三天出创意两天出图,肯定来得及。"小黄拎起包,"那我先走了。"

回家后,唐桃冲了个澡,换上宽松的睡衣,盘腿坐在电脑前找资料。她一工作起来就忘了时间,初步整理完乐曲相关的资料和舞美方案的视觉参考图后,已经是晚上七点钟了。

她深吸一口气,活动活动肩背,瞟一眼手机——林潇潇问候的信息。

毕业后林潇潇去了别的城市,在一家大型舞美机构做咨询服务,听说很得老板的赏识。唐桃心念一动,思考片刻,电话立刻拨了过去。

"哟,怎么有空给我打电话?"

"前段时间忙,好不容易喘口气……你怎么样?是不是混得风生水起?"

"少来了,我们公司人太多,一天到晚麻烦的事层出不穷,我觉得自己都要成居委会大妈了。"林潇潇嘴里抱怨着,声音却很有精神,"黎薇工作室怎么样?我听说她挺严苛的,是不是破灭了你心中的幻想?"

"不会啦,她能力确实强,我能学到一星半点儿就满足了。"唐桃说的是真心话,"对了,我想问你了不了解罗伯特·约翰逊。"

"他?那个视觉艺术大师?"林潇潇沉默了两秒,说,"我知道了,你们参加了福斯剧院的竞标。"

"对。"

"之前我老板也观望过,事实上,我老板五年前曾在美国和大师见过一面,吃过一顿饭。"

唐桃立刻竖起耳朵:"这么说你们也参加了?"

林潇潇摇头:"没有参加,胜算太小,大师是个才华横溢又极度自我的人,没人摸得清他的脾气不说,即使你过关斩将入选了,之后的合作也绝不会轻松。你得对上他的脑电波,脑电波你懂吧?"

唐桃想了想:"不太懂。"

唐桃跟她说了第一场竞标的题目,还把自己今天刚琢磨出来的方案告诉她,请她

帮忙给些意见。林潇潇想了想，说："你别想得太复杂了，毕竟是第一场考核，考的肯定是基本功。你想，即使毕加索晚年的创作那么抽象，他年轻的时候也是现实主义表现大师，艺术是有发展过程的，不可能一上来就鼻子不是鼻子，眼不是眼。"

唐桃沉吟片刻："有道理。"

"约翰逊的书网上有卖，你可以看看，先了解他的创作理念什么的。"林潇潇说，"总之，能参加这样的竞标是个机会，你也可以多去现场认识业内人士，万一能找到比黎薇更好的东家呢？"

唐桃笑了："你真为我着想。"

"良禽择木而栖，不要太死脑筋嘛。"

林潇潇的话给了她一些新思考，路都是一步步走的，总没有人天生会飞吧？

这个时间，夏炽应该下班了，唐桃想了想，给夏炽发消息。

"下班了吗？"

"三分钟前刚下。"

"要不要来吃晚饭，给你煮青酱意面。"

对面发来一副遗憾的表情。

"可惜了，最近比较忙，可能还要在家加班到很晚。"

"哦。"唐桃微微有些失望，"你决定要跳槽了吗？"

"还没定下来，姑且先准备着。最近在观望一家剧院。"

唐桃有些意外——从来都是万千剧院争抢夏炽这根好苗，还有夏炽主动要去应聘的剧院？

"哪个剧院？跟我说说。"

"小剧院，你应该不知道。"

"喊。"唐桃一边撇嘴，一边打字，"你是怕自己落选，才不告诉我的吧？"

过了一会儿，夏炽回："还真有这个可能。"

唉，这让她更好奇了。

意面熟了，唐桃把面从锅里捞出来，放进凉水滤好，懒得按照食谱上那些烦琐的操作制作，直接拌了酱开吃。仿佛知道她在干什么一般，夏炽说："放点儿芝士粉更好吃。"

"我没有芝士粉。"

"在你橱柜里第一格左边。"

Chapter 05
考核 × 谜团

唐桃果然在柜子里找到了芝士粉,她撕开包装袋,脸上浮现出一抹笑。

"有没有人说过,你其实很像贤妻良母?"

夏炽不回信息了,估计生气了。

唐桃和小黄连续加班了几天,赶在最后一晚把项目方案提交上去。三天后,官网上公布消息,写着入选的十二组人名。

唐桃飞快地扫了眼名单,说:"都挺眼生的。"

小黄说:"是啊,之前我们议论过的那些组,应该不是退赛就是被刷掉了,留下的大部分都是新人。不过第三、第四组都挺强的,你看腾龙工作室,是我们最大的竞争对手。"

唐桃点头:"不管怎样,能入选就好。"

正在电脑前飞快敲文案的大廖不吱声,脸上却露出不屑一顾的表情。

唐桃眼尖地留意到了,想了想,从抽屉里拿出两个方形的金色纸盒,是她特意去蛋糕房定的芝士蛋糕。她拎起其中一盒,走到大廖桌前:"这个给你。"

大廖冷漠的双眼在盒子上一扫:"这是什么?"

"我家旁边的蛋糕房新出的豆乳芝士蛋糕,我记得上次聚会你说你喜欢吃。"唐桃微笑,"我办了一张会员卡,就给你订了一份。"

大廖今天少见地没戴隐形眼镜,鼻梁上架着黑框眼镜,眼中有些红血丝,显得整个人十分憔悴。大廖知道这个牌子是×市最贵的蛋糕房之一,不大的一块蛋糕,差不多也要两三百块钱。

她打字的手停住,抬头看了唐桃一眼,说:"谢了。"

"不谢。"唐桃这才松口气。

办公室关系要比学校复杂很多,唐桃自入职以来就受到黎薇的青睐,难保不会让其他同事眼红。再加上这次全权负责福斯剧院的项目,来不及做的文书工作,自然落在了小满和大廖身上,就算她们嘴上不说,心里也难免不舒服。

唐桃说:"今天我和小黄都在公司,咱们正好一起把城北项目的资料整理完。"

大廖点点头:"行吧。"

小黄打趣:"唐桃,那我的蛋糕呢?"

"蛋糕没有,资料一堆。"唐桃笑,"要吗?"

中午，唐桃和小黄买了盒饭，坐在员工休息区边吃边讨论。大廖一到休息时间就消失了，不知道去了哪里。

聊到一半，整个上午都待在财务室帮忙的小满跑过来，把饭盒往桌上一放："你俩可算回来了，不在的这几天把我和大廖累死了。"

"给，'贿赂'你的。"唐桃把另一盒蛋糕推过去。

小满打开一闻，眼睛眯成两道缝："榴莲蛋糕！唐桃我爱你！"

"你们女生真容易被收买。"小黄打趣。

"世界上什么都会辜负你，只有美食不会！"

三个人边吃边聊，小满对福斯剧院的项目十分好奇，唐桃和小黄便把项目的详情都告诉她了。小满往嘴里塞了一勺沙拉，口齿不清地说："那下场考核的题目你们知道吗？"

"不知道，明天去福斯剧院应该会公布吧。"

"哦。"小满说，"昨天大廖还问我呢，要是我们俩也能参与就好了。"

唐桃用筷子戳了戳自己饭盒里的红烧肉，说："大廖最近是不是心情不好？好像瘦了些。"

"可不是吗，她一直魂不守舍的，我周末约她逛街都不去。今天我去财务那边，还听说了一些传闻。"说到这儿，小满刻意压低声音，两只雪亮的眼珠子左右晃了晃，"大廖好像和黎总的弟弟在一起，最近两人吵架啦。"

"黎总有弟弟？"唐桃一愣。

"是啊！黎总的弟弟在美国长大，学金融，去年来×市出差一年，我见过，特别帅气，和霸道总裁电视剧里走出来的一样！"小满有些激动地说，"听说大廖和他的关系一直没有公开，现在他要回美国发展，所以两个人可能要结束了。"

唐桃拿起茶杯，慢吞吞地喝了口水："原来如此。"

"我和大廖认识蛮久了，她其实人不坏，就是要强，什么事情都不肯说，自己憋在心里。"小满说，"我有时候真羡慕你，有那么完美的男朋友，不像我们，谈个恋爱就和踩地雷一样。"

"羡慕我？"

"对啊，那天聚会完我们还说呢，'夏男神'眼里就只有你一个，干什么都护着你，人又帅又优秀，这样的男朋友哪里找啊？要我说，他比黎总的弟弟还好呢。"

唐桃有点儿不好意思："没你说得那么夸张。"

Chapter 05
考核 × 谜团

"反正我是很羡慕啦,要是我男朋友有'夏男神'一半好,我做梦都能笑醒。"

小满吃沙拉的时候,眼睛还死死盯着榴莲蛋糕,这时候终于忍不住,拆开包装狠狠地挖了一大勺塞进嘴里。她满意地眯起眼睛:"好吃!"

唐桃和小黄都笑了。

休息区门口,大廖的背影一闪而过,手中还端着唐桃送的蛋糕,没来得及拆开。

次日,唐桃和小黄约在福斯剧院门口见面,参加第二轮的考核。

小黄穿着冲锋衣、牛仔裤,站在大太阳下有些出汗。只见远远走来一个娉婷摇曳的身影,身穿白色西装套装,披肩秀发,妆容精致,手腕上还戴着一块表,浑身充斥着白领女性的干练气息。

小黄眼睛都直了:"你……"

"很不自然吗?"唐桃紧张地问。

上次被黎薇的精致打击到后,在莫明雪的推荐下,唐桃去老牌西装店定做了一套职业装。有经验的店铺就是不一样,唐桃穿上之后,只觉得哪里长短都合适,怎么动都舒服,裤子的腰身也正好,稍微胖一点儿瘦一点儿都穿不出现在的感觉。

"好!特别好!简直黎薇第二,特别给我们长脸!"小黄直竖大拇指,"人靠衣装,过两天我也去做一套,快,你走在我前面。"

唐桃像一面突进的盾牌,被小黄推进了歌剧院。

和上次的人山人海比,这次入围的人数骤减不少,三十几个人分布在歌剧院的各个角落。唐桃找了个偏僻的墙角,和小黄一起打量众人。小黄说:"其实我们也吃亏,其他工作室虽然只派了两三个人来,但背后都是举全工作室之力,只有我们是真的两个人,单枪匹马,不一定能竞争得过人家。"

"重在参与嘛。"唐桃宽慰道,"希望能见一见约翰逊大师,也就不枉此行了。"她拍拍自己的包,"书我都带来了,求签名。"

"真有你的。"

两个人窃窃私语了一会儿,工作人员走上舞台,清清嗓子道:"大家好啊,一共十二组队伍入选,都到了吗?"

每组队伍举起一只手,正好十二只。

"每组派一个人来我这里抽题,时限半个月,作品提交方式会另行通知。"

唐桃怕自己手气不好,让小黄上去抽,自己则伸长脖子到处看,寻找约翰逊大师

的身影,谁料工作人员说:"好了,都散了吧,祝大家好运。"

大厅里猛然爆发出一阵议论声,还夹杂着不少嘘声。

直到今天还不露脸,这位大师未免也太神秘了。

小黄说:"我们还是先看题吧。"

唐桃接过信封,撕开,倒出一块地图和一张印刷着具体要求的A4纸。

两个人对视一眼,地图块显然是从一整张地图上割下来的,一眼也看不出来地图上到底是哪儿。小黄展开那张A4纸,读道:"请根据地图的提示,在不破坏原建筑物的前提下,设计一组舞美作品,形式及主题不限。需提交:1.设计图纸; 2.设计模型。"

两个人翻来覆去看了好几遍,也没明白A4纸上写的"建筑"到底是什么。小黄打开手机,翻出×市的地图:"咱们对一下地图,首先搞清楚这块儿在哪个区。"

唐桃觉得地图左下角的那块湖很眼熟,圆得很不自然,皱眉想了会儿,惊呼:"这不是红石湖吗?"

果不其然,与×市的地图一比对,他们分到的那块地图就是红石学园的森林,密密麻麻占地非常广阔。小黄诧异:"难不成建筑是指红石学园?"

唐桃环视大厅,所有参赛者都面有愁容,甚至举起地图对着光看,怕里面藏了什么东西似的。她让小黄少安毋躁,自己在大厅里慢悠悠地晃了一圈,回来的时候眼睛雪亮:"我好像明白怎么回事了。"

小黄惊道:"真的?"

"所有组拿到的地图都是正方形,我们一共十二个组,正好能拼成一整张×市地图。这毕竟是竞标赛,不可能我们组拿×市的,别组拿到其他市的,也就是说在分发出的地图里,每块地图都有同一性质的'建筑',才能保证比赛的公平性。"

小黄皱眉:"你是说……"

"设计要求中提到的建筑有可能是'歌剧院',有可能是'水族馆',但前提是,每块地图里都要存在这样的建筑。"

小黄脑袋微微后仰,看着唐桃:"聪明啊。"

"高中的时候我们经常被迫参加这种解谜活动,慢慢就习惯了。"唐桃的嘴角刚浮现笑容,短短几秒,又被悲伤取代,"可惜再也见不到他了。"

"什么?"小黄没听清。

"没什么。"唐桃摇头,"我们先出去吧。"

Chapter 05
考核 × 谜团

咖啡厅里，小黄把买来的×市地图裁成十二小块，整整齐齐地平铺在桌上。两个人分别把每块地图里存在的建筑类型列出来，如"学校""电视台""歌剧院""水族馆"，整整忙了两个小时，也没找到能符合所有地图的建筑物。

小黄揉揉眉心，说："这样不行，范围太广了。"

唐桃叹了口气，怀疑自己的想法是不是错了，毕竟×市也不是文娱产业特别发达的地方，同一个城市有十二个电视台或者歌剧院，确实不太现实，而居民楼、商场又到处都是，没有任何参考性。

"要不咱们反着推，你不是红石毕业的吗，你去过那片山林吗？里面有什么？"

"这块地图范围很大，我只去过离学校最近的那片森林，其他的不清楚。"唐桃想了想，说，"别急，我问问夏炽。"

一杯咖啡的工夫，夏炽发来回音。唐桃一听，眼睛立刻瞪直了。

"怎么说？"小黄赶紧问。

"红石后面的山上，好像有一座公主坟！"

下午六点半，×市的另一端。

卡伦坐在展览馆咨询台，心不在焉地用手指敲着桌上的传单。身后的展馆里挂满了画，布置也很用心，可惜观展的人还没工作人员多，像老婆饼上的芝麻一样零星地分散在各处。

这座展览馆是×市花重金请欧洲的建筑大师操刀打造，落成时颇风光了一阵，经常有艺术类高校的学生结伴前来参观。如今是落成的第三年，由于地段偏僻，再加上周围都是居民楼，不可避免地变成了蒙尘的珍珠，用华贵的外立面宣告着自己的曲高和寡。

这里每年只办七八次展览，还都不收门票。就这样，也没人来。

Chloe一脚踏进展览馆，首先被自己高跟鞋响亮的回音吓了一跳。她拢拢头发，举目远望，看见咨询台的桌子后面坐着一位穿西装的外国人，用手支着自己的脑袋，看样子快睡着了。

Chloe清了清嗓子，走过去："劳伦斯·格林的画展？"

卡伦猛地一个机灵，立马抬起头："是的！"

这一抬头可不得了，卡伦被Chloe的美貌震惊得恍了下神，语无伦次地说："这……这是导览……的图……"

Chloe目光一扫:"我找劳伦斯有事。"

卡伦又是一愣,随后双眼中闪过混杂着惊讶、不解以及愤怒的情绪,又看了眼表,说:"我去叫他,你稍等。"

半分钟后,一名金发绿眼睛的男子被卡伦揪了出来,一脸心虚的笑容。

"我跟你保证,这次一定考过。"

"你保证?你的保证能信?一门中外艺术史,你打算在线考几次?"

"反正学校那边也没限制次数,考到过为止呗。"

卡伦恨铁不成钢地吼:"这次必须过!再不过你就结束游学,给我滚回英国上课去!"

男子像被主人数落的宠物,乖顺而无辜地低下头,眼神一转,忽然和Chloe对上。他立刻笑:"你来了!"

Chloe有些不自在地笑了笑。

"正好,我刚补考完,有空带你去转转。"他热情地走上来,说,"介绍一下,这是我的经纪人卡伦,也是这次展览的主要负责人,这位是……"他一顿,"上次忘了问,你叫什么名字?"

"Chloe。"

"这位是Chloe。"他说,"半个月前在面馆认识的。"

"女孩子的名字都能忘?"卡伦冷冷地讽刺。

"进去吧,我带你看看我最满意的作品。"男子朝Chloe吐吐舌头,朝卡伦的后脑勺瞥了一眼,她立刻懂了,是要自己带他脱离卡伦的唠叨。

"我没意见。"Chloe说。

"你多大了?"男子问。

"16。"

"比我小好多啊。难得你对绘画有兴趣,以前画过画吗?有没有喜欢的画家?"

Chloe看着男子神采飞扬的脸,微微有些愣神,这个英国人也太自来熟了,才第二次见面就像认识了好几年似的。她实话实说:"我还在上高中,没画过画。"

没想到男子一双漂亮的绿眼睛缓缓睁大,神色夸张地松口气:"呼,我就说嘛,我还以为你是兰铃会派来监视我有没有偷懒的呢。"

兰铃会?监视?她一句话也听不懂。

Chapter 05
考核 × 谜团

男子连忙说:"没事,你不是就好,我带你去看看我的画?里面那部分我还挺满意的。"

Chloe对艺术不感兴趣,在法国时也很少去看画展,只是很好奇眼前这个男子,年纪轻轻就能开办自己的画展,应该挺厉害的。

"喜欢吗?"他问。

Chloe在想心事,脸前猛地出现一对碧绿的眼睛,吓了她一大跳。

"感觉你有心事。"

Chloe叹了口气,说:"算是吧,我一会儿要见一个人。我们约七点的,就在那个公寓,我们第一次见面的面馆楼上。"

男子敏锐地察觉到她的不安,目光停留在她脸上,问:"不想见?"

Chloe的语气有些无奈:"必须见。"只见她垂在裤子边的手慢慢握紧,"我能约在这里见吗?"

"这里?"

"对,这里,我用那边的桌子就可以。"Chloe指了指展厅最远处冷清的休息区,咬了咬嘴唇,声音低下去,"就一会儿,不会打扰你们……"

耳边忽然响起一声低笑。

她抬起头,只见男子眉眼舒展,神采飞扬,笑起来的时候露出洁白整齐的牙齿。

"当然可以。"男子还开玩笑地说,"要是拒绝你,一会儿卡伦该揍我了。"

半个小时后,Chloe口中的人到了,卡伦将二人领到休息区后,重新回到咨询台后面打瞌睡。男子从卫生间出来,从咨询台上抽了两张纸擦手,问:"来了?"

"来了。"卡伦说,"那法国姑娘看起来很奇怪,你和她真的是在面馆认识的?"

"你是不信我们在面馆碰见,还是不信世界上有这么漂亮的女孩子?"

卡伦老脸一红:"你别胡说!"

"好好好,我不说不说。"

展厅里本来就没什么人,两个人都很闲,于是坐在咨询台后面朝Chloe那边张望,顺便八卦。卡伦说:"来的是个亚洲女孩,年龄也不大,表情挺严肃的,她们看起来不像是朋友。"

男子也伸长脖子:"不是朋友是什么?难不成是仇家?"

"还真有点儿像。"

"不会吧……"

"欸，Chloe会不会是什么法国政要的女儿，逃到中国来避难，特工要抓她回去？"

男子一愣，吐槽道："叫你少看点儿小说，你学中文就是为了看网络小说的吗？"

话虽如此，男子还是好奇地朝休息区望去，Chloe背对着咨询台，隔着很远能看见那个亚洲女孩白皙的脸和纤细的轮廓，齐耳短发修剪得十分整齐。男子一个机灵，眯起眼，从咨询台后站起来。

"你干吗？"卡伦问，抬头，却看见同伴脸上欣喜的表情。

"我送杯咖啡过去！"

柳原淳子双手抱胸，气定神闲地跷着腿，还时不时晃一晃。她是来谈判的，所以竭力伪装出"我才不怕你"的气势，也不知道到底有没有用。

Chloe柳眉倒竖，嘴角抽紧，俨然一副攻击力爆表的样子。淳子绞尽脑汁，到底该从什么方面切入？

"你考虑得怎么样了？"

"嗯？"Chloe一笑，"我要考虑什么？"

"AMOUR和柳原社的合同，你到底签不签？"

"大姐，你搞错了吧？应该是你求着我，怎么搞得好像我求着你似的？"连看了一个月的中国连续剧，Chloe的表达能力很有长进，"你这是逼良为娼吧？"

唉……

可惜用错了词！

淳子简直头痛，她保持着冷峻的表情，公事公办地说："我之前已经与AMOUR取得了联系，你的家人非常担心你，尤其是你哥哥，他希望你能早点儿回去。AMOUR和柳原社都是家族企业，既是企业又是家，你这样不仅是对企业不负责，对家里也不负责。"淳子放软了语气，"实在不行，我请你哥哥过来，你们自己商量。"

提到"哥哥"二字，Chloe的眼中明显闪过动摇的神色。她深吸一口气："我和他们没什么好说的。"

"他是你唯一的亲人了吧？"

"我没有亲人！"忽然，Chloe的情绪激动起来，"从我爸爸决定卖掉公司的那一

Chapter 05
考核 × 谜团

刻起，我就没有亲人了，什么哥哥，什么亲人，他们都只为了自己着想，什么时候想过我？"

淳子一怔。

这句话，她倒有点儿感同身受。

淳子还想再劝，可惜Chloe已经听不进去了，她面色苍白地说："你不要跟我谈，要不，你把唐桃叫过来，她说要让我自己想清楚，给我时间，你们现在又来逼我，说话不算话！"

"Chloe！"

"两位女士，先喝杯咖啡，有事慢慢说。"

眼前忽然伸出一只手，端着一杯咖啡放在淳子面前，飘着醇香的热气。淳子满腹心事，头都没抬，Chloe的表情却凝固了："你……"

男子挤眉弄眼，没说话。

淳子问："怎么了？"

"好久不见，柳原淳子。"头顶，一个十分熟悉的声音，"不会把我忘了吧？"

淳子的心突然一震。

她抬起头，目光与那个人四目相对，大脑瞬间空白，一股强烈的麻痹感从指间蔓延到心头，又由心头蔓延至全身，她忽然不能动了，无法眨眼，无法呼吸，无法思考。

原来电视剧里演的是真的，小说里写的是对的，思念一个人到极致的时候，会常常出现幻觉。

淳子嘴唇抖动，无法再保持冷静。她猛地站起身，手肘碰翻了咖啡，滚烫的液体洒了一地。

"菊？"

她的声音都在发颤。

那个人还在笑，明朗的眉眼从未改变过。

四年了。

柳原宅那一别，离今天，已经四年。

他说过的每句话都如在耳边；他做过的每件事都像美好的电影一般，值得在脑海里反复回放；他喜欢的每样东西，在意的每个物件，这四年里她只要看到就会买下

来，在房间里堆积成山，也不知道该送给谁。

淳子以为，也就这样了，时间会将他们拉离彼此，然后互相遗忘。

许是淳子的眼神太过复杂，菊摸摸头发，又抓抓鼻子，尴尬地说："你不会真忘了我吧？我每年都给你发圣诞贺卡的啊。"

"没有！"淳子立刻说，"我怎么会忘了你。"

菊立刻又笑了："就是嘛，我想也不至于，才几年而已。"

才几年而已？

淳子在心中苦笑。

Chloe的目光在两个人中间穿梭："你们认识？"

"老朋友了，一起踩过泥巴地、被猪追着跑的关系，没想到你要见的人是她。"菊说。

淳子脸上浮现出淡淡的红晕，她别过目光，故作豪爽地说："你回来也不说一声，太不够意思了。"

"我不在×市久留，办完画展就回去，知道你忙，就没联系你。"

淳子的心方才浮上海面，像条鱼一般吐出几个气泡，听见这句话，又深深地沉了下去，沉向伸手不见五指的海底。

她仿佛听见胸膛里有嘀嘀嗒嗒的倒计时声，还有仿佛一只脚迈出悬崖，整个人即将坠落的失重感。

"晚上有安排吗？没的话一起吃个饭，我有话跟你说。"淳子脱口而出。

现在不是说服Chloe的时候，也不是谈判的时候，更不是逞强的时候。

淳子啊淳子，再不紧紧抓住这最后的救命稻草，你就真的真的万劫不复了。

展览馆地处偏僻，五百米外有间很小的咖啡厅，用速溶咖啡充当现磨咖啡，用的奶全是奶粉。淳子喝了一口颇具"童年风味"的咖啡，就放下杯子不动了，菊从菜单后面探出一只眼睛，笑笑："委屈你了，这里来的人少，就这个质量。"

淳子一愣。

她根本没尝出味道。

晚上八点钟，两个人都饿着肚子，菊点了两份鸡排咖喱。店里客人很少，音响里播放着盗版的瑜伽音乐，偶尔有交谈声飘过来，混杂着轻微的杯盘交错声。

淳子心里乱极了。她近乎粗鲁地赶走了Chloe，又拒绝了菊带上卡伦一起吃饭的提议，为的就是这片刻独处的时光。她仰起脸，从凌乱的黑发下悄悄看他——她这么任性，会不会很招人烦？

菊毫不避讳她的目光，那双孔雀石般的眼睛光芒柔和，触动着她内心深处的角落。

"我都不敢认你了，漂亮了好多，像个大人了。"

"你也没比我大多少吧？"她反驳。

"我听说你成为柳原社的继承人了？怎么样，辛苦吗？秦老爷子身体如何？之前我还在网上定过柳原社的点心，里面就有当初老爷子给我们做的椒盐饼，还是现场制作的好吃，刚出来，热乎乎的。"

"他挺好的，考虑他年纪大了，我们给他请了将近十个学徒和三个助理，你也知道他的脾气，天天作威作福的，把那些人折腾得够呛。"淳子乐了，"我现在都不敢回去，一回去就是一堆抱怨，说怎么请了这一尊'活佛'回来。"

"那你呢？你好不好？"

淳子的目光有些闪烁，她深吸一口气，盯着玻璃杯上凝结出的水雾，说："我不好，很不好。"

四年转瞬而过，她忙着上大学，做课题，跟进柳原社的工作，几乎没有好好喘口气的时间。她虽满足于充实的生活和长辈的赞赏，她的努力都能得到回报，经验和阅历让她成为一个更加完美的人。可是，心中总有一块是空的，当她看见一幅画的时候，当她听见一首歌的时候，当她看到花园里满目繁花的时候，当她翻开自己的日记，看见那一束被封制在书签里，却不可避免地失去了色彩的铃兰花时。

她就不好了，很不好。隐秘的思念折磨着她，消耗着她，一颗心就这样搁浅着，连能寄存的地方都没有。

"我太忙了，继承柳原社真不是个轻松的活儿。"她感觉到自己在笑，"每过几天就有一个小麻烦，每过几个月就有一个大麻烦，其中最新鲜的麻烦你也看到了。"她朝展览馆的方向努努嘴，"那位从法国来的大小姐。"

菊对Chloe的事情一无所知，淳子挑重点和他说了，他很快陷入沉思。

"柳原家主真打算分家？"

"闹得满城风雨，不是真的也是真的了。"淳子说，"最近柳原社内忧外患，家主又躲着不见我们，我和奶奶都急坏了。"

"那你今天来见Chloe，是要说服她在合同上签字？"

淳子摇摇头："可能我也是想让她给我一个答案吧。对她来说AMOUR是家，签

不签字，AMOUR都不可能回到过去，柳原社也一样。其实我和她很像，不管是处境还是立场上。"

服务员端来两盘咖喱。淳子说完之后，拿起勺子就吃，好像堵住嘴就能堵住心里的其他话似的。

菊拿勺子轻轻敲着盘子，过了会儿，侧过头："我帮你问问吧。"

"啊？"

"我肯定没本事说服她，但Chloe好像对你很有戒心，你逼她也逼不出结果。"菊说，"Chloe住得挺近的，我想办法和她套套近乎，说不定她愿意跟我说些心里话，能给你做参考。"

"你愿意帮我？"淳子惊喜。

"咱俩谁跟谁啊，一起刷过夜、啃过苞米的关系。"

淳子"扑哧"一笑，咖喱差点儿从鼻子里喷出来。那些记忆随着他的话又鲜活起来，她似乎还能闻到泥土的味道，感觉到空气里的潮湿，刚摘的苞米金黄金黄的，烤得烫手，握都握不住。

菊似乎松了一口气，说："你总算笑了，这才像你嘛。"

淳子的心又是狠狠一揪。

她轻声问："这次在×市待多久？"

"画展结束我就要回英国上大学了，不能老缺课。"

"画展办多久？"

"看来的人多不多吧，这次画展是兰铃会出资的，什么时候撤展他们说了算。我估计还要一个月，或者一个半月。"

一个月。

够了。

足够了。

"菊。"忽然，淳子放下勺子，正色道，"这次你走之前，我给你送行，一起吃顿饭。"

"没问题。"他几乎秒答，"找个市区好一点儿的餐厅，想吃什么我请你！"

Chapter *06*

淳子 x Chloe

次日中午，唐桃和小黄背着食物和水，前往红石湖东边的森林考察。

想要抵达森林，最快捷的路线就是从红石湖的山坡翻过去。红石学园自然不敢亏待夏炽的未婚妻，保卫处主任亲自将他们迎进校门，还打算派车将他们送到公主坟。

唐桃没想到夏炽会提前打招呼，被主任杀了个措手不及，赶紧说："不用不用，我们坐校车到山坡下面，自己爬上去就行。"

"那怎么行！唐小姐别跟我们客气，都不是外人，这么远，哪能走路呢？"

"真的不用，我们走路过去还能顺便观察一下地形，方便画图什么的。"

"要地形容易，我们帮您拍照不就得了？您说的地方要走很远啊，徒步肯定是不行的。"

望着这位和读书期间判若两人的主任，唐桃哭笑不得。主任啊，当初你的铁面无私呢？不讲人情呢？

夏炽一个电话就收买你了？

唐桃和主任"打太极"期间，小黄背着硕大的户外背包，目光炯炯地朝这边看。二十分钟后，唐桃嘴巴都说干了，主任才终于松口，要他们结束考察后就打个电话，他好派车去接。

"哇，你们学校的警卫也太梦幻了吧，还叫你'小姐'呢？"不明真相的小黄十分惶恐。

"我高中的时候成绩好，上的是这里的特优班，这是他们的传统。"唐桃信口胡诌道。

"是岚组吧？我听说过，当时我表妹想进红石，可惜成绩差，也没什么特长。"

小黄不清楚唐桃的身世和过去，被她轻而易举地忽悠了过去。两个人沿着蔷薇篱笆走，唐桃给他介绍红石里的建筑、教学楼、食堂、绿地迷宫，校园里的每一个角落都充满回忆，在这里待得越久，回忆就越生动、越鲜明。

唐桃脸上露出怀念的神色。她和小黄一起来到学校后山，远风拂过山岗，秋高气爽，远处的山林发出沙沙的响声，明明一个人也没有，自由的天地却热闹无比。

那年，那个夜晚，那场烟花大会，到现在还会出现在唐桃的梦里，夏炽面具后的双眸明亮，朝她伸出手，嘴角挂着好看的笑容。

当然，还有在树林里被绑架的经历，卷入那位老人对母亲疯狂的思念，直到自己的身世大白。

近年来的经历，真够写成一本小说了。

Chapter 06
淳子×Chloe

她振作精神，和小黄一起朝森林深处进发。

在夏炽提供线索后，两个人根据地图仔细比对，果然每一块地图里都有名胜古迹，大多还是没被政府重点保护、处在半荒废状态的建筑物。除了公主坟，还有文人题字的石碑、山间的破庙、大禹治水留下的石头之类。

"我们运气不错。"小黄说，"×市也算是块风水宝地，古建筑遗迹到处都是，没被重点保护的古迹，说明人文价值不太高，公主坟应该算里面面积大的了。面积越大，越好设计。"

"我跟你想的一样。"唐桃说，"要是只分到一个题字的石碑，才叫真麻烦。"

果然如保卫处主任所说，这块山林人迹罕至，虽然之前修过一条通往山坡顶端的小路，但常年没人走动，已经长满杂草，落满碎石。小黄走在前面，穿着登山鞋的双脚稳稳地踩在枯枝上，冲唐桃伸出手："手给我。"

唐桃也没多想，气喘吁吁地伸出手，仿佛算好了一样，挂在脖子上的手机忽然响了。

她实在没空着的手接，直接开了免提。

"在哪儿呢？"夏炽问。

"爬山呢，半山腰，你确定公主坟就在那儿吧？"

"保卫处主任刚打电话给我，说你拒绝他们派车，为什么？"夏炽口气凉凉的，"荒郊野岭，孤男寡女，你们两个要走多久？"

唐桃拒绝主任护送，主要是怕他多嘴暴露了自己的身份。直到今天，公司里的人也只知道唐桃有个未婚夫，至于其他，多说多错，还是不提最好。

她就完全没往"孤男寡女"那方面想！

小黄也不傻，听出了弦外之音，赶紧放开手："我……我没有。"

唐桃重心不稳，差点儿滑一跤，忍不住抱怨："小黄你不是见过吗，那天一起吃饭的，这你也不放心？"

那边半天没说话，半响，才轻轻哼了一声。

"你们走吧，我听着。"

在夏炽的远程监控下，气氛尴尬许多。一时间，只有脚踩落叶声和两个人疲惫的喘气声，都没人说话了。

"小黄是吧？"忽然，夏炽开口。

"是，上次我们一起吃过饭的，感谢'男神'记挂着！"

"我听人提过你,之前在罗马剧院公演的那场舞台剧,设计师里有你,给我同事留下了很深的印象。"

小黄又惊又喜:"文晴?"

"是她,她说你是她最看好的年轻设计师之一,要我给你带话,好好表现。"

明明夏炽年龄比较小,说起话来倒像个长辈,偏偏小黄还特别崇拜他,被表扬了几句,脸都红了。

"我一定努力,不辜负你的期待!"

唐桃心里想笑,憋出了内伤。

两个人花了一个多小时才到达夏炽所说的地点,只见密林环绕中,一座小小的黄土包孤零零地"趴"在地上,没碑也没墙,只有裸露出地面的几块砖石将它与一个寻常的土堆区分开来。

"这是什么?"

"公主坟。"

"你说这是什么?"

"公主坟。"

这是公主坟?丫鬟坟还差不多吧?哪个公主葬在土堆里啊?

"大概十年前,这座坟被偶入密林的学生发现,当时文物保护局的人从里面挖出了一些陪葬品,不算很有价值,于是这座坟就被闲置了,入口也被封了起来,你们进不去。"夏炽平淡地说,"看完了吗?看完了早点儿回。"

唐桃迅速绕着坟堆走了一圈,有点儿绝望:"这个也太不起眼了,怎么设计?"

小黄双眉紧蹙,显然也在发愁。

"不然呢?你以为公主坟跟迪士尼动画里一样,还要有烟花和城堡吗?"夏炽凉凉地说。

两个人都有点儿蒙,早知道这样还不如选一块石碑,好歹能设计一下字体,走走中国风。

小黄用了半个小时完成测量,拍了几张照片后,和唐桃一起灰溜溜地下山。

"还有十三天,我们怎么办?"

"关于这座公主坟的记录有吗?官方文献,民间野史,能找到的都行。"唐桃转念一想,"我们可以不要局限于公主坟的外貌,挖掘一下背后的故事,说不定有新的突破点。"

Chapter 06
淳子×Chloe

小黄眼睛一亮:"我看行。"

"事不宜迟,这样,明天你先去公司预约一下模型室,我去图书馆找一找公主坟的野史,有发现就跟你联系。"

小黄激动地说:"好嘞。"

次日,图书馆一开门唐桃就赶去了。

×市图书馆馆藏非常丰富,一楼是历史政治书籍,二楼是国内外经典文学,三楼有很多历史古籍的影印本和原本,还有×市本地的珍贵影像资料。

三楼一般不对外开放,唐桃大学时做过图书馆的项目,联系内部的朋友混了一个名额。

林立的书架和放置珍贵文件的玻璃柜中间,是几组沙发椅和宽大的实木桌子,供读者学习休憩。唐桃在朋友的指点下来到×市当地历史文件区,循着书名一本一本查阅,这些书籍年代久远,仿佛沉淀在河流中的泥沙,有种朴素沉稳的质感。

和公主坟相关的书籍寥寥,唐桃只找到两本,其中内容还和其历史背景没太大关系。她只好从当地的编年史入手,大海捞针一样读着每一句话,希望能从中找到有用的内容。

不知不觉,三个小时过去,唐桃一无所获,她疲惫地抬起头伸个懒腰,活动活动脖子。

自从本科毕业后,她这名学霸也很少埋头苦读了。

朋友用塑料杯泡了一杯茶端过来,唐桃赶紧道谢,余光正好看见玻璃门外有熟悉的人影一闪而过。

身材修长,面容姣好,远远看去像一线月光似的——是林迦。

看出唐桃的疑惑,朋友解释:"哦,刚过去的是我们院长,我记得他在谈一个芭蕾公益项目,估计刚结束吧。"

"公益项目?"

"对,跟在院长后面的那个长得好看的男人叫林迦,之前是俄罗斯的芭蕾演员,好像蛮有名的,不知道为什么和院长联系上了。"朋友耸耸肩,"我们图书馆虽然名气大,经常做公益,但公益是没钱赚的,这么看来林迦这个人还蛮好的。"

唐桃立刻放下水杯:"我去外面看看。"

走廊里,林迦和院长刚谈完事情,林迦千恩万谢。

"谢谢您,院长,真的谢谢您给我这个机会,我一定好好表现。"

"年轻人热心公益是好事。这次参会有很多文艺界的人物,只要你用心,我一一给你引荐。"

林迦更是连连道谢,头都快低到胸口了,两只手规规矩矩地放在两侧,和之前唐桃印象中的判若两人。记得初次见面,林迦的两只眼睛顾盼生辉、光彩卓然,哪有一丝会对人低声下气的样子。

等院长走后,唐桃才从拐角里探出身:"嗨。"

林迦本来脸上还挂着笑,一看见唐桃,脸色瞬变:"你怎么在这儿?"忽然,他嘴角轻蔑地勾起,"你来看我笑话?"

"我来查资料,是巧合巧合。"

对方的敌意简直要从毛孔中渗出来,唐桃知道解释也没用,只能说:"你要给图书馆做公益,很厉害。"

林迦一声冷笑:"厉害?你说我厉害?要不是黎薇直接把我放弃了,我会沦落到要求一个图书馆馆长的地步?你知道我是什么身份,曾经给谁表演过,我会主动争取这些烂活?"

唐桃也不知道自己为什么要在这里自讨没趣,可能是他坐在工作室门口的身影太执拗了,一直在她脑子里挥之不去。她叹气:"黎薇的事情我不好评价,委屈你了。"

林迦的眼神一动,从上到下扫视了唐桃一圈,忽然闭了闭眼睛,说:"别操心我了,你也该小心。"

"如果不是她利诱,我不可能瞒着俄罗斯的团队,坚持到这边发展。我出意外后,如果不是她果断抛弃我,我也不会沦落到如此地步,甚至复出无门。"林迦凶狠地说,"她用得着你的时候甜言蜜语,一旦你出事就弃之如敝屣,一丝旧情也不念,那个女人的帝国建立在精心算计上,而不是宽容惜才上。"

唐桃不说话,心情有些复杂。

"你……还是天真。"林迦看她一眼,有些恨铁不成钢的意思,"那个工作室不是久留之地,我言尽于此,你好自为之。"

林迦走后,唐桃又翻了一会儿书,一串一串的文言文在眼前跳来跳去,就是进不到脑子里。公司事情繁杂,小黄预约好模型房,又帮小满、大廖处理了一些工作,唐

Chapter 06
淳子 ×Chloe

桃问黎薇在不在，小黄说黎总有事，这几天都不在公司。

唐桃向后窝在椅子里——她对黎薇的崇拜，是否真的不能与本人混为一谈？

作为一介新人，黎薇处处照顾自己，是否也别有所图？

身在此山中，却越来越糊涂了。

连续三天，唐桃和小黄浏览了所有与之相关的书籍，对公主坟仍旧一无所获。

眼看时间越来越紧迫，小黄说："干脆我们现编一个，做得华丽点儿，往大师的风格靠，再拖下去要来不及了。"

唐桃也不知道该怎么办。约翰逊大师既然找到了十二处×市的古迹，必然不可能任由大家完全发挥想象力，但公主坟的考据实在太难，能找到的资料也只是寥寥几句，明确了一下朝代和公主的身份，连公主的名讳都没有提及。

甚至，这个地方被称为"公主坟"，也不过是坊间的谣传罢了。

唐桃思考片刻，说："没办法了，我们今天就开始做方案。"

小黄眼睛落在桌上："你手机亮了。"

夏炽发来一张书页的照片和寥寥几个字。

"晴天，深夜，公主坟。"

书页是文言文，节选于一本志怪小说，读着读着，唐桃的眼睛亮了。

"怪不得，怪不得查史书查不到记录！"唐桃十分惊喜，"这公主原来是个私生女，因为流落民间为人所知，所以坟墓才被后世叫作'公主坟'！"

小黄凑过来，仔细读了那张图片上的文字，说："虽然我没全看懂，但好像很有道理啊！那'晴天，深夜，公主坟'又是什么意思？"

唐桃已经打开淘宝，开始购买做青酱的原材料。

"你干吗？"小黄问。

"答谢大恩人。"唐桃笑眯眯地说，"这几句话，就是我们解题的关键了。"

这天同一时间，柳原淳子开完例会，在柳原堂的包厢里疲惫地叹气。

针对柳原社是否收购AMOUR的问题，双方已经僵持了两个月，谁都不肯让步。藤本直树依旧不知所终，柳原社只留下徐琳做发言人。奶奶那边也忍到了极限，根本不肯在会议上露面，淳子左右为难，只能在中间和稀泥。

她头疼欲裂，两根手指拼命揉太阳穴，只觉得里面有无数根针在扎。

"淳子小姐。"包厢外传来女声,"淳子小姐累了吧,厨房备了一些茶水糕点,我给您送进去。"

"不用了。"淳子摆摆手,"我吃不下。"

"哼。"

忽然,门外传来一声熟悉的呵斥,随后门被推开,秦老爷子胡子花白,双手插在袖管里,说:"我亲手做的,谁敢不吃?"

淳子连忙站起来:"老爷子,您怎么跑这儿来了?"

"秦老爷子和我们大厨交流经验呢,说中日的糕点有很多相似之处,准备要两相结合,推出一套全新的菜谱。"服务员吐吐舌头,"淳子小姐,我拿进来啦。"

服务员托着一个铜盘子,盘子里用白瓷碟盛着刚出炉的热乎乎的点心,配上一壶刚沏的碧螺春。淳子连忙说:"坐吧,老爷子。"

秦老爷子又哼了一声,在蒲团上盘腿坐下,丝毫没客气。

当初去黄螺村请秦老爷子的时候,淳子还是个无法无天的小丫头,十分看不惯这个古怪的老头。经过四年的相处,秦老爷子已经成为柳原堂的灵魂人物,淳子也吃透了他面冷心热的性格,对他十分尊敬。

淳子用最后的力气扯出一抹笑来,说:"老爷子对我这么好?还亲手做点心?"

秦老爷子明明坐在对面,偏偏还要侧过身子,不看她,满脸带着尘土气息的傲娇:"做多了才拿给你,小丫头片子,嘴这么能说。"

淳子笑嘻嘻地倒了杯茶,规规矩矩地把茶盏奉到秦老爷子跟前,这才拿起一块其貌不扬的饼放进嘴里。

方一嚼,她一愣。

这是……和四年前在农舍里吃到的一模一样的,椒盐饼。

她的思绪忽然飞到极远的地方,像断线的风筝一样收不回来,哪怕椒盐饼喷香扑鼻,嘴里也没了滋味。

秦老爷子注意到她的神情,冷冰冰地说:"丫头,忙归忙,饭还是要好好吃。"

"好吃!老爷子的手艺又进步了!"

秦老爷子明明对这句话十分受用,却偏偏嘴硬:"那是自然,难道要退步不成?"

"秦老爷子严于律己,宽以待人,是我们的榜样。"

秦老爷子愣是没听出这句反讽,颇为高兴,慢悠悠地端起茶盏品了一口。淳子三下五除二吃完了饼,舔舔手指,说:"老爷子,是我奶奶请你来的吧。"

Chapter 06
淳子×Chloe

秦老爷子手一顿。

"奶奶一个月没见我了,我知道她在等我做决定。老爷子,一个是我奶奶,一个是我叔舅,要是你,你会怎么选?"

秦老爷子咳嗽一声:"你家的事情,我哪里知道?"

淳子无奈笑笑:"我家的事情,我又哪里知道……"

秦老爷子目光一动,想说什么,看到淳子脸上郁郁寡欢的神情,硬生生地把话又吞了回去。他的目光落在茶盏上,有些不自在地清了清嗓子:"你奶奶只有一句话,你才是柳原社的继承人,无论你做什么决定,你奶奶还是你奶奶,你家也还是你家。"

淳子感激地说:"我知道啦,奶奶和您都疼我,我心里很清楚。以后等我出息了,一定孝顺二位老人家!"

秦老爷子:"……哼。"

这时,包厢外传来人声:"家主,您来了?"

淳子"嗖"地从蒲团上站起来,秦老爷子也转过脸,包厢的门被推开,藤本直树身穿一身便装,神情淡然地打招呼:"秦老爷子,淳子,都在呢?"

秦老爷子突然起身,也不和淳子道别,径直从藤本直树和门的空隙里穿了出去,仿佛门口那位一米八的男士是门帘上的印刷画。藤本直树目送秦老爷子离开,笑笑:"哟,我这是得罪他了啊。"

淳子表情僵硬,一腔怒火在眼里熊熊燃烧,但迫于家主多年来积累下的威信,她敢怒不敢言。

藤本直树则像个没事人儿似的,径直在秦老爷子焐热的蒲团上坐下,拿他的茶杯斟了盏茶,又伸手在盘子里抓了两把淳子吃剩的碎渣渣,放到嘴里嚼了嚼:"不错,秦老爷子手艺见长。"

"坐啊。"他抬眼,"站着不累吗?"

淳子心里一阵翻江倒海。这位即将拆分柳原社的罪魁祸首,失联这么久,回来还跟旅游似的——简直无耻。

"我知道你在想什么,你想说我无耻。"

"我……"

"还想说我无情。"他一连灌了三杯茶,"告诉你吧,我刚从法国回来,AMOUR那边的事情已经谈妥了。"

淳子一惊："谈妥什么了？"

"你和唐桃藏的那丫头，确实是AMOUR唯一的合法继承人，但现在他们的主核心人物去世，团队人心涣散，我哪怕帮法国的团队支付天价解约金也要把人挖过来。她愿意签字，是顾她的体面，她如果不签字，顶多我们多花点儿钱。"

这一番话充分显现出冷血资本家的嘴脸，淳子气得眼前发花，也顾不上追究他是怎么查到Chloe在国内。她激动得双颊绯红，说："你真不在乎柳原社，不在乎这个家？唐桃你也不在乎？"

藤本直树忽地抬起眼来，与淳子四目相对。他的一双眼睛，充满力量，看你的时候明明和颜悦色，却有股不容辩驳的压迫力。

淳子心中一虚，仿佛自己说错话一样。

"既然你决心要继承柳原社，就要明白，家是家，企业是企业，家人血脉相连关系牢固，但企业却会因为各种理由分崩离析。柳原社原地踏步太久，请来秦老爷子只是第一步，后续的国际市场也要推进，否则，用不了十年，柳原社将再也不复今日的地位。"藤本直树用手指轻轻擦拭着杯口的水渍，"你奶奶并非食古不化，但人老了，不再喜欢冒险，我可以理解。"

"家人也不是像铁一样焊在一起的，你这么做早晚伤了大家的心。"淳子说，"哪怕牺牲我们，你也要坚持你的选择？"

藤本直树忽然笑了，仿佛淳子问了个极其愚蠢的问题。

然后他又轻声叹息，用手指敲了下杯沿，发出玉石般好听的声音。

"我就问你，站在我面前的你，到底是柳原家的下任家主，还是身为一个小姑娘的柳原淳子？"

淳子挺直了腰背："都是。"

藤本直树瞳孔微微一缩。过了一会儿，他摇摇头，站起身："和我坐同一班机回来的还有Chloe的兄长和AMOUR的理事，他们现在应该已经找到Chloe了，这件事你和唐桃别再插手。"

淳子火烧火燎地往郊区赶，正巧接到菊的电话。

"你快过来，法国那边来人了，说是Chloe的哥哥和叔叔！"电话中的背景音一片混乱，夹杂着法语，"我和卡伦拦不住，你赶紧过来！"

淳子一颗心七上八下，赶到展览馆时，看到的一幕就是：场馆外，几个身材高挑

Chapter 06
淳子×Chloe

的外国人和保安陷入混战,他们互相推搡拉扯,语言又不通,谁都不肯输在气势上。

淳子个头本来就小,一矮身从侧门溜了进去,只见菊正在一道门后朝自己招手。

"快来快来!"

"Chloe呢?"淳子喘着粗气问。

菊将她一把拉进房间。说是房间,其实也就是放置清扫工具的储藏室,堆满了扫把和清洁用品,十分窄小。Chloe此时正坐在唯一的桌子上,满脸写着焦虑,卡伦抱着双臂站在旁边,一脸愁容。

"他们还没发现Chloe?"淳子问。

Chloe雪亮的视线如利箭一般射过来,忽然挑了挑眉毛,伸手一把揪住淳子的衣领,恶狠狠地说:"少假惺惺了!就是你把我哥哥找来的!我还想你怎么会这么好心,还想着帮我!"

"你先放手!不是我叫来的!不然我还来找你干什么?"

Chloe的手腕忽然被攥住。菊脸色平静地说:"不是她。"

"怎么不是她?就是她!"

菊手上用力,将她的手从淳子领前扯开:"你们法国的事情和展览馆没有关系,我现在藏你,是看在淳子的面子上。如果她要强迫你回法国,现在就不会跑来这里。"

菊神情淡然,眼神却很严肃,Chloe身子微微一震。淳子没工夫和她追究,从门缝里望了眼外面,说:"哪个是你哥哥?"

"最高的那个,金发的。"

"剩下的人呢?都是谁?"

"AMOUR的总店经理,还有会计和主要的糕点师,都来了。"Chloe咬着牙,"一群叛徒!见我父亲死了,都巴不得按着我的手在合同上签字。"

淳子略一思忖,说:"这下我和唐桃的住处你都不能去了,先找个地方躲一躲,藤本直树眼线太多,咱们尽量往远了走。"

菊问:"你的车在哪儿?"

淳子说:"怕惊动他们,停在公交车站旁边,我们从后门绕过去。"

"好,我来开车,咱们现在就走,保安没有正当理由,应该也阻拦不了他们多久。"菊转头对卡伦说,"你留在这儿,等我联系。"

卡伦反驳:"欸,我也去……"

话音未落，菊和淳子一人拉着Chloe的一条胳膊，像架犯人一样把她架了出去。

卡伦望着Chloe越来越远的背影，心里憋得慌。

君子会成人之美，菊这家伙，就是个小人！

车行驶到江边，一路都没人说话。

淳子把车窗打开，用手指揉着酸涨的太阳穴："这儿应该没事了。"

带着微微海草腥气的夜风从江面上涌来，空气中湿意浓重。带有气味的夜风总容易唤起回忆，淳子忽然想起小时候自己过生日，徐管家开车，奶奶和家主陪伴，几个人傍晚就坐在江边的草坪上，吃带来的糕点，大人喝茶她喝汽水，一起看落日慢慢沉入没有一丝波澜的江面。

柳原社生意起步后，家主的空闲时间越来越少，就连奶奶也忙于事务纠纷，这样温馨的家庭时光早就没有了。

她抬起头，看见菊朝她眨了眨眼睛，随后说："我去买点儿东西。"

菊下了车，两只手插在牛仔裤兜里，朝远处的便利店溜达。

车内安静极了，连呼吸声都听不见。

"我父母在我很小的时候就没了，听说是车祸，两个人一起走的，连停止呼吸的时间都没差多少。"忽然，淳子悠悠的声音打破了宁静，"那时我太小了，还不清楚死是什么意思。父母的葬礼上，连一贯冷酷的家主都落泪了，只有我抱着遗像看着远处桌子上的水果，问奶奶我能不能吃一个苹果。"

Chloe的双眼盯着江边，露出倔强的侧脸，一言不发。

"我的奶奶很宠我，柳原社所有人都很宠我。我喜欢弹钢琴，他们就给我请最好的老师。我想参加巡回比赛表演，他们给我出所有的费用。"淳子望着江面闪烁的灯火，嘴角忽然浮现一丝笑意，"我可以做我想做的任何事，和任何人做朋友，和任何人谈恋爱，因为和你一样，我是不被家族期待的。"

Chloe的身体轻轻一震。

"唐桃才是藤本直树的女儿，因为她的存在，我才逍遥快活了这么多年。"淳子说，"你之所以逃跑，是因为不能像以前一样逍遥，没法蒙混度日，那些本该由你父亲和哥哥承担的压力落到了你的肩上，所以你受不了了。"

"你胡说！"Chloe终于尖厉地出声，"我来这里是因为藤本直树！"

Chapter 06
淳子×Chloe

"那你为什么不给他打电话?你有他的号码。"

Chloe的嘴唇抖了抖,一堆话都憋在嘴里,吐不出一个字。

"我又不是机器人,我能想象,你在法国的处境有多可怕。父亲死了,哥哥是私生子,所有人都叫嚣着要变卖你的家产,偏偏决定权还担在你肩上。其实你比谁都清楚,AMOUR非卖不可。现在,能把AMOUR交给柳原社经营,已经是你们家族最好的选择了。"

Chloe气得浑身发抖,一双大眼直直地瞪着淳子的后脑勺,像要用视线把她刺穿。淳子没有回头看她:"你来这里不过是逃避罢了,可你逃得再远,也逃不过心中的罪恶感和无力感。"

"你还说不是藤本直树派你来的!"Chloe尖声说道,"你就是要我回去签字!"

"难道你就缩在这里,等藤本直树用其他的手段收买人心,等你手里没有了决定权再后悔?然后再回到法国对着其他人哭诉吗?"淳子厉声说,"你想要一个体面放手的理由,但既然选择放手,哪还有体面!"

淳子的声音陡然拔高,Chloe的脸色瞬间煞白,殷红的嘴唇都没了血色。淳子一字一顿地说:"要么,你就承担起身为AMOUR法人的义务;要么,你就夹着尾巴赶紧滚,让有能力的人来处理。"

淳子胸口涌动着一股浊气,想也没想就说出这番话。Chloe哪里被人吼过,瞬间眼眶就红了。她的嘴唇颤抖了两下,忽然拉开车门就跑,菊正好端了两杯咖啡过来,被她撞了满怀。

菊问:"吵架了?"

淳子胸口剧烈起伏着,下车靠着车门,甩了甩头发:"没管理好情绪。"

菊"扑哧"一笑。

"哇,我这么惨你还笑?"

"四年前的小丫头片子,现在也能说出'管理情绪'这种话了,我佩服,真心的。"菊半真半假地说,"看你现在的样子,就知道柳原社一定前途无量。"

冷不丁被他一夸,淳子的耳朵悄悄红了:"你别拿我开玩笑。"

"真的,真的。"

朦胧夜色中,菊温柔的双目像星辰那样闪闪生辉,让淳子不自觉错开了视线。他是坦然的,坦然地夸奖,坦然地欣赏,坦然地出手相助。

淳子却没这份坦然。

她怕自己的眼睛会泄露自己的心思,又怕这份心思永远没人知晓。

每见一面,就少一面,每过一天,就少一天。

"菊。"

"嗯?"

"你现在有喜欢的人吗?"

淳子心跳强烈到耳朵里根本听不见别的声音。

"没有啊。"菊耸耸肩,"我天天被卡伦逼着到处采风,学校里的考试还老不过,逃都来不及,哪有那个心思。"

"那你喜欢什么样的女生?"

菊目光一闪。

他不动声色地打量着淳子,也是大姑娘了,才会说出这样的话吧?他手里还拎着装咖啡的袋子,夜风拂过他扎成一束的金色长发,那张生动白皙的侧脸显得有些忧郁。

"如果有一天,我能遇见自己无法拒绝的人,那么,也就是我的缘分吧。"

淳子心里"咯噔"一下。

似乎有一只手,将她无声地推开了。

"前面的江边有家宾馆,我开了两间房,今晚我就看着Chloe,等你们关系缓和了再说。"菊将没洒的那杯咖啡交给淳子,"不早了,你赶紧回去吧。"

"好,那麻烦你了。"

菊咧嘴一笑:"跟我还说什么麻烦。"

淳子嬉笑着又扯了几句,感觉笑容像浮在脸上,风一吹就要散。

"晴天,深夜,公主坟。"

经过一番刻苦研究,唐桃在一个晴天的深夜和小黄夜探公主坟,终于明白了古书是什么意思。

×市曾在古代被称作"毗陵",《毗陵志怪》里有这样一段记载:

"昔,公府中二十八房妻妾,皆从父命。唯民间一女名涛涛,与公所出一女,位卑而不容于公者,寄农人养之,年十六而卒。公甚悲,念女亲于坊间,葬其于山阴,至夜,漫天星子……"

简而言之,古时×市这片土地上的主公和一位名叫涛涛的民女生了一个女儿,主

Chapter 06
淳子×Chloe

公因为顾及身份将她养在民间，女儿活泼可喜，但在十六岁就去世了。主公非常伤心，将她葬在山上，也就是如今的"公主坟"。

而破题的重点，就在那句"至夜，漫天星子"上了。

当晚看见的场景，让唐桃和小黄起了一身鸡皮疙瘩，激动得一整晚没睡着，脑袋里犹如烟花一样爆发灵感。

两天时间，方案敲定了。

唐桃和小黄来到工作室，摩拳擦掌。唐桃在刚入职时参观过制作现场，虽然是第一次动手，也很快学得有模有样了。小黄更有经验，木片和木棍支好框架，唐桃在一旁协助，模型制作推进得有条不紊。

晚上，两个人决定一起通宵赶工，至少在今晚把骨架完成。唐桃磨木棒磨得满手水疱，食指的侧面红彤彤的，小黄递水过来，她差点儿没拿住。

"没事吧？"小黄赶紧伸手，还没碰到唐桃的手指，就触电般收回来，"你歇会儿，这儿我来弄。"

自从收到某人"男女授受不亲"的警告后，小黄十分注意与唐桃保持距离。

唐桃疲惫地走到屋子对面的休息区休息，晚上九点，整个公司除了他俩，只剩下一个项目的设计师在赶工，遥远的灯光透过长长的走廊，在玻璃上投下温和的影子。

"我去储物间找个东西。"小黄说。

"好。"

坐在沙发上的唐桃眼皮越来越松，感觉自己的意识像朵云般飘来飘去，眼看就要沉到柔软的地面上。

一只手突然搭在她肩上。

"看你这么努力，我也就放心了。"

"黎总！"唐桃赶紧站起来，"您怎么来了？"

"我刚下飞机，回来拿东西的，正好看见你和小黄还在忙。站着干吗？快坐下。"

唐桃笑着坐下，黎薇双腿微微弯曲，以一个优雅的姿势在她对面坐下。

连续坐了十几个小时的飞机，黎薇脸上毫无倦色，细腻的皮肤在微光下精致如白瓷，弯弯的眼睫下，两只眼睛富有神采。其实，唐桃崇拜的不只是黎薇的设计能力，还有她杀伐决断的魄力，为人处世的手段，以及身为一个女人时时都从容精致的魅力。

唐桃不由自主地叹了口气，黎薇柳眉微动："心情不好？"

"没没,我可能有点儿累了。"

"我都三十岁的人了,你有心事可瞒不过我。"黎薇伸出一根手指,点点桌面,"快说,不说扣工资。"

两个人对视一眼,都笑了。

唐桃放下手中的茶杯,深吸口气:"上次我去图书馆碰见林迦了,他好像不太顺。"

黎薇的手一顿。

她的表情一向控制得很好,此时也没露出什么情绪,只慢慢地将搁在桌上的手收回去,理了理鬓角落下来的发丝,说:"你怪我太无情。"

唐桃不接话。

黎薇的眸中闪过隐晦的光芒:"你知道往最远了追溯,剧院是用来做什么的吗?"

"祭祀神灵,还有乞求风调雨顺,保佑家国安康。"唐桃回忆着大学时候学习的内容。

"不错,古希腊的第一场歌剧是祭祀酒神的,那时酒是人们生活最不可或缺的东西。与其说是被人憧憬,不如说是令人畏惧。表演是门残酷的艺术,至精至纯,即使在人人将它视为娱乐的当下,我对它的敬畏也从未变过。哪怕处在当今表演界的最高点,依旧无法窥尽艺术的奥秘,林迦不懂这些。"

这番理论很新鲜,唐桃屏息凝神,目不转睛。

"我放弃林迦,不是因为他表演失败了,而是失败之后,他依旧认为有和我合作的资格。"说这段话时,黎薇微微一讪,"一味追求名利,无法为艺术献身,即使他有无可比拟的天赋,和我也不是一条道上的。"

黎薇一笑:"怎么,你也觉得我是唯利是图的主?"

唐桃摸摸鼻子:"不是,只是我觉得,有些人对舞台有敬畏和抱负,将艺术作为自己的终身追求,而有些人可能靠才能糊口饭吃,也不算是错吧?"

黎薇双眸扬起,眼神忽然变得复杂。

唐桃心突地一跳。

黎薇倏地收敛表情,那种仿佛预先设置好的笑容又堆到脸上,贴好,严丝合缝。

"你能这么想,那再好不过了。"她说完这句莫名其妙的话后,拿起包,起身,"不早了,你和小黄早点儿做完回去,记得打卡,给你们发加班费。"

Chapter 07
邀请 × 抉择

凌晨三点钟，×市大雨。

窗外潮湿的树叶如同乐器一般，互相敲击出繁密复杂的曲调。夏炽穿着睡衣，坐在电脑前，屏幕的微光映着他深思的脸，他的一根手指停留在键盘上，没动。

两米长的桌上铺满了文件，有歌剧项目的，有招标的，更多的是各个公司发来的邀请函，报酬丰厚，纷纷想攀上夏炽这根高枝。歌剧起源于西方，在国内的发展一直不咸不淡，想要做行业内的第一，耀眼的利剑自然群起而夺之。

作为被争相巴结的"利剑"，夏炽的表情却不算轻松。他出道甚早，年纪轻轻就成为半个行家的歌唱家，比起待遇和薪酬，其实他更重视公司的理念。

他揉揉眉心，对着落地窗外的漫天大雨长叹一口气——优秀，也是一种苦恼啊。

干脆闭门休息几天，看看书，给自己一点儿修身养性的空间。

手机亮起，一个新的联系人。最近加他的人每天至少七八个，他通通拒绝了。

"备注：你好，我是廖思怡。"

夏炽淡淡一瞥，又望着窗外想事情。

过了一会儿，同一个人发了新的验证。

"我是大廖，上次吃饭见过的。"

吃饭？

他最近一个月的饭局几乎都推掉了，什么时候在饭局上见过？

又过了半个小时，新的验证。

夏炽深红色的眸中掠过一丝不耐烦。

"唐桃丢了东西，想交给你。"

看见"唐桃"的名字，夏炽的视线立刻凝聚。他的食指在桌面上轻点两下，想了想，通过验证。

"你好，我是夏炽。"

凌晨四点钟，夏炽撑着一把黑伞，等在雨中。

廖思怡打车过来，匆匆钻出车子向夏炽跑去："真不好意思啊，这么晚还让你出来。没等太久吧？"

"没关系。"夏炽平淡地说。

廖思怡没带伞，雨又大，光是从车里到公寓楼下的几十步，她的衣服和头发已经湿了一半。她穿了件黑色的裙子，两条纤纤的小腿在风中瑟瑟发抖，神色楚楚可怜。

夏炽板着脸，甚至没给她打伞，只径直走到公寓下能遮雨的地方，收了伞："廖小姐不是有话和我说吗？"

廖思怡透过有些凌乱的黑发望了他一眼，上次吃饭他好歹还有些笑意，怎么现在如此冰冷。

怕别人说闲话吗？

廖思怡在屋檐下站定，有些尴尬地顺了顺头发，小声说："你还记得我吧？上次我们组里聚餐，你还夸我的衣服好看来着。"

夏炽的视线向下，心里想——大概是唐桃无脑夸同事，他配合着点了点头吧。

深秋的夜里，穿着湿衣服的廖思怡身体微微发抖，却没见对方有怜香惜玉的意思。她只好说："那天聚餐，唐桃在洗手间落下了东西，我看挺重要的，就拿来给你了。"

说完，她从包里掏出一个漂亮的小袋子，一条拴着纽扣的项链落入掌心。

夏炽视线一凝。

"我本来想给唐桃的，可唐桃说这是便宜东西，我喜欢的话就留着，不用还给她。说起来唐桃的家境应该很好，我特地追着要还，可能让她难堪了吧。"

说这话时，廖思怡的视线一直盯着滴水的鞋尖，她知道自己这个角度显得眼睫很长，皮肤细腻，楚楚动人。

夏炽嘴角有一瞬间的抽紧。他从她手心接过项链，攥紧，说："她真的这么说？"

廖思怡点点头："她不要了，可是我觉得这纽扣应该有更深层次的含义，也包含别人的心意，所以一直没舍得丢。这不，我就拿来给你了。"

"廖小姐费心了。"

夏炽的嗓音低沉动听，廖思怡微微红了脸，盈盈一双美目抬起看着他："就当我多事，你可别告诉唐桃啊，我们都是同事，平常还要相处呢。"

夏炽点头："放心。"

廖思怡也扯出一抹笑，用羞涩的目光看着他："时间不早了，我要回去了。"

夏炽说："好。"

"那……"

"嗯？"

"现在雨太大了，不太好打车，能不能……我等雨小一些再走？"

夏炽像是早在等着这句话，眼中闪过一丝笑，在廖思怡楚楚的凝视中，他忽然收了伞。

"廖小姐在这儿等吧，我还有工作，就不奉陪了。"

廖思怡目瞪口呆。

只见夏炽背影潇洒，头也不回地走进电梯。

到家后，夏炽坐回桌边，将项链仔细摊开在桌面上，在灯光下细细地看。

他这个傻乎乎的未婚妻啊，也不知道心太大还是神经太粗，一直意识不到自己的未婚夫就像开了罐的蜂蜜，多少蜜蜂蝴蝶和狗熊都盯着呢。

夏炽对着项链左看右看，觉得直接还给唐桃不太好，还是得寓教于乐。

唐桃也没睡，回家之后抱着枕头失眠，就看见夏炽的消息。

"给你三秒钟的时间，坦白从宽。"

唐桃莫名其妙："坦白什么？"

"最近做了什么对不起我的事情？"

唐桃心里开始打鼓，难道Chloe又刷他信用卡了？不对啊，那张卡明明被她抢回来了。还是说上次用他的名字办打折卡被发现了？可是她身份证拿去更新了，没办法嘛。

不至于这么小气吧？

唐桃说："我什么都没干啊。"

"真的？"

"真的。"

夏炽发来一张照片。

唐桃双眼睁圆，心头狂喜："怎么在你那儿？我找了好久好久！"

"为什么不告诉我丢了？"

"怕你生气。"

"怕我生气就不说了？"

唐桃赶紧赔笑脸："我们'夏男神'日理万机，小的怎敢因为自己的失误去叨扰'夏男神'对不对？"

"诡辩。"

"不敢不敢，请问'夏男神'打算什么时候还给我？这是我最最宝贝的项链！"

言语中的急切呼之欲出，夏炽心情稍缓。

"下次见面吧，拿大餐来换。做不好就不给。"

"收到！"

唐桃抱着手机傻笑了一阵，问："你是怎么找回来的？"

"上次的饭店拾到了寄给我的，那家饭店有我的联系方式。"

"那他们怎么知道这东西是我丢的？我去找的时候他们也没说啊？"

"可能负责的人不一样吧。"

唐桃还想再问，夏炽已经岔开话题："不早了，赶紧睡吧，明天你还要继续'搬砖'呢。"

时间一晃，到了提交作品的时候。

模型寄出前，唐桃和小黄在公司里展示方案，几乎大半个公司的人都跑来参观，啧啧称奇，人人都喜欢。《毗陵志怪》里记载："公甚悲，念女亲于坊间，葬其于山阴，至夜，漫天星子……"说的就是这位生长在民间的小公主最喜爱星星，主公就将她葬在山间，山头看似荒凉，却因为奇特的地势和茂密的树木，每至夏夜的晴天，坟上都有亿万的星辰做装饰，点缀她头顶最璀璨的珠冠。

根据公主坟的故事，唐桃和小黄将舞台设计成一幕会动的夜景，随着公主的身影在舞台上出现，漫天的星辰也随之展现，和公主身上的服装交相辉映。不同于常见的爱情主题，唐桃特意将文案写成了亲情，一个父亲对小女儿的怜爱，让这个故事更加生动感人。

小满直竖大拇指："这创意好，不落俗套。"

"希望能入选吧。"小黄害羞地摸摸脑袋。

围观的同事散去，唐桃注意到大廖不在工位上，桌上的东西也少了很多，只剩下几份文件和泡茶用的水杯。她问："大廖呢？最近都没见她。"

"她呀，前两天转到城南的分公司去了，做后勤部的主管。"

唐桃一愣："这么突然？是升职了？"

小满抿嘴摇头："明升实贬，城南分公司本就鸡肋，干的都是边缘项目，一共也没几个人，她被调过去也没帮手，只能自己管自己。"

小黄疑惑："怎么回事？"

"听说是得罪了黎总的一位贵客。"另一位同事忽然插嘴，"你们组这个大廖

啊,人漂亮,心也野,抢人抢到黎总头上了,不得遭殃吗?"

"抢人?"唐桃和小满同时惊呼。

同事耸耸肩:"其他不知道了,反正听说黎总对那人宝贝得很,别人碰不得。"

唐桃和大廖本来就不算亲近,也就没再接话。她心下琢磨,能被黎薇看上的是怎样出色的人?肯定又高又帅还有才,并且能够理解她的想法吧?

古代重视郎才女貌,现在也到了男女都要有才貌的时代。

十一月,唐桃接到福斯剧院通知,黎薇工作室的作品正式入选决赛,争夺唯一与剧院长期合作的名额。

黎薇特意抽出一天晚上,和同事们提前开了个小型庆祝会,对于他们这种规模的私人工作室来说,能参加约翰逊大师的决赛不外乎一种荣誉。黎薇亲自给唐桃和小黄倒满香槟,说:"辛苦了,我们的两员大将,等决赛结果出来,无论如何,我都给你们大办一场庆功宴!"

唐桃和小黄被大家狂灌"迷魂汤",从工作能力夸到生辰八字,两个人出公司的时候还晕乎乎的。

"唐桃,咱俩是不是特别棒?"

"棒,特别棒。"她竖起大拇指,"心血没有白费,能进决赛已经很好了!"

"就是,咱们每次去公主坟都累个半死,又是做模型又是写方案的,你本来就不白,现在还晒黑了一度,哪个组有我们用心?有我们牺牲大?"小黄忽然挥手,做了个稍等的手势,"等下,我收到邮件了。"

参赛期间,唐桃和小黄都给邮箱设置了特别提示音,音量调到最大。小黄瞄了屏幕两眼,脸色忽变,仿佛一盆凉水泼在他微醺的脑袋上,把他彻底泼清醒了。

"决赛的题目出来了。"

"我看看。"唐桃赶紧抢过手机。

她把那条不算长的邮件翻来覆去读了好几遍,一头雾水:"我眼没花吧?"

小黄摇摇头,双眉紧蹙,满脸愁容。

唐桃和小黄两个人这几天像无头苍蝇一样毫无头绪。

一次唐桃和莫明雪聊天,忍不住诉苦。

"自己找人策划一台节目?什么意思?"电话那头传来"噼里啪啦"的打字声。

Chapter 07
邀请 × 抉择

唐桃有气无力地趴在公司茶水间的桌上："我头都快挠破了，翻遍工作室合作过的演员也找不到合适的，毕竟准备这个决赛差不多要二十多天，谁有这个闲心帮我们？"

决赛的题目是每组找一位表演家，舞蹈、声乐、歌剧形式不限，根据这位表演家的特质和风格设计约半小时的节目。参赛者好比一群热情高涨的厨师，哪有什么都不限制，让厨师完全自由发挥的？

那马卡龙和宫保鸡丁放在一起，非要分个高下，谁赢？

水晶绿豆糕和牛肉寿喜锅放在一起，哪个更好吃？

唐桃愤愤道："瞎搞。"

莫明雪说："你愁什么？找夏炽啊！现成的炙手可热的金牌歌唱家，风头都钻进我耳朵里了。上次开例会，创意部的人还想请他给我家钻戒打广告，被我拒绝了。"

唐桃惊讶："这么夸张？"

"可不是，×市的文娱公司都跟见到鱼的猫似的，天天在他楼下转悠。凭你和他的关系，求他帮个忙还不是一句话的事。"

"不行。"唐桃立刻回绝。

莫明雪也是一愣："不会吧，他不愿意帮你？"

当然不行了。歌剧是夏炽的白月光，不能有一点儿亵渎和怠慢，先不说黎薇工作室够不够规格，福斯歌剧院的项目还在竞赛阶段，就算获得冠军，也给夏炽带来不了多大好处；万一失败了，就会让他蒙羞，让业界质疑他的水准。

更何况，以夏炽对工作的苛刻和严谨，和他一起工作，可是地狱级别的难度。

她也不想这么折磨自己，自尊心会碎一地的。

仿佛知道闺蜜在担心什么，莫明雪冷淡的声线起了波动："还说我脑子不好使？你以未婚妻的身份求他帮忙，和你工作有什么关系？"

"这是假公济私吧？"

"假公济私？你和他哪有公私？"

唐桃略一琢磨，发现自夏姜生日会一别后，莫明雪这浑水摸鱼的功力见长啊！

"和陆长歌顺利了是不是？"

"要你管。"

"给我说说，让我也开心开心。"

莫明雪没接话，而是扯开话题："夏炽是你最好的选择，你先试试，实在不行再

说。"

唐桃给自己做了三个小时的思想工作,似乎真的没有能求助的人了。

工作室的人脉已经试过,行不通;

自己的人脉除了夏炽只有林迦,林迦又恨透了自己;

总不能她和小黄上去演吧?自己勉强还能开口唱两首歌,小黄五大三粗的肯定没戏。

唐桃按捺住狂跳的一颗心,给夏炽打电话。

夏炽听到电话里传来唐桃明显颤抖的、腼腆的和心虚的声音,心情简直不能更好。听她说完后,夏炽的声音藏不住地愉快:"好啊!"

"什么?"

"我答应了,我可以帮你参加决赛。"

唐桃呼吸都颤抖了:"真的?你愿意?你有时间?"

"之前的工作正好告一段落,况且约翰逊先生是先锋艺术方面的专家,我对他的作品很有兴趣,也希望能从他那里学到点儿东西。"

唐桃开了免提,坐在床上将手机高高捧过头顶:"'夏男神',我就是你一辈子的小跟班,心甘情愿为你当牛做马!"

"当牛做马就不用了,明天我去接你,一起去公司。"夏炽的心情很好,"顺便一起吃个早饭,那条街上新开了一家粥店。"

次日,唐桃从车里钻出来,左右手拎着两大袋早餐,用肩膀撞开了公司的大门。

"快来吃早饭,'夏男神'给大家带早饭啦!"早知道夏炽要来的小黄一脸谄媚,赶忙跑过来帮忙吆喝,"新开的粥店,生滚粥加煎饼油条,想吃的都有哈!"

唐桃把大袋子刚往桌上一放,无数只手就从她的头顶伸来,一时间感谢夏炽的声音和喝粥声混在一起,工作室热闹无比。

夏炽西装革履地站在后面,冲大家矜持又友好地点头微笑:"早上顺路买了点儿早餐,大家不要客气。"

夏炽加入决赛的喜讯早已公布,人人都知道这位大神轻易不出手,一出手肯定是奇迹,自然对他崇拜有加,何况这位大神还这么体贴同事,纡尊降贵帮忙买早餐。唐桃眼见着夏炽的人气以火箭般的速度上升,望天翻了个大白眼——哼,做人情还让她

Chapter 07
邀请 × 抉择

拎东西？

夏炽如巡视领地的雄狮般，将这个布局精巧、装修现代的工作室里里外外扫视了一遍，然后把他亲手拎着的一个塑料袋递给唐桃，眼神往休息区一瞥，说："我们到那边吃。"

唐桃扫了眼袋子，里面有自己最爱吃的海鲜粥和饭团，和给其他同事们买的不一样。

她嘴角不自觉地翘起："这还差不多。"

休息区，唐桃撕开饭团的包装，咬一口，眼睛眯在一起，十分享受。

夏炽将粥放在桌上，细心地替她掀开盖子晾着，吐槽道："还是这么贪吃。"

唐桃边笑边抬眼看他，晨光中夏炽微微侧着身，打理得一丝不苟的西装因为动作牵扯出几条细纹，漂亮的手端着粥盒的盖子，修剪平整的指甲干净妥帖。如此精致完美的人，却为她做着最平凡的小事——唐桃放下饭团，将勺子递给他："粥你喝，你平时都不吃早饭，对身体不好。"

夏炽眼中闪过一丝笑意，又忽地变回了那副矜持高贵的模样。只见小黄捧着煎饼豆浆，屁颠屁颠地跑过来，拉开旁边的椅子："大神、唐桃，我加入你们吧！"

夏炽的脸明显一黑。

小黄浑然不觉，还殷勤地替夏炽拆开吸管，插在果汁杯里。唐桃在一边快笑疯了，把果汁接过来，将自己的粥推过去："他不喜欢甜的，我喝吧，谢啦！"

小黄的目光太过热切，一直在夏炽的脸上打转，夏炽不堪其扰，找了借口遁走。小黄仍在陶醉中："哇，'夏男神'真的好高冷啊，就像天边那凌厉又洁白的月光！"

"高冷吗？"唐桃吸着果汁。

"不高冷吗？妥妥的大师风采，不苟言笑！"

唐桃刚要反驳，忽然想起自己在高中时和他初遇，也觉得他像一坨千年寒冰，张嘴就能把人冻住。这些年过去，不管他是开心生气，健谈或是寡言，在唐桃心里，都是既傲娇又可爱，仿佛一只毛茸茸的小狮子，早就和高冷不沾边了。

吃过早餐，唐桃带夏炽参观了工作室。由于夏炽还有一些私人事务要处理，唐桃就把他安排在大廖空出来的工位上。夏炽打开随身带的电脑，目光扫过大廖没来得及带走的照片，忽然哼了一声。

"你哼什么？"

"哼你不自知。"

"我……"

我又怎么了啊，大哥？

过了一会儿，黎总的秘书从办公室探出头，朝这边喊："小黄、唐桃，下午三点第一会议室，黎总让你们准备好比赛相关材料，让'夏大神'简单了解一下。"

小黄吐舌头："黎总上午不是在深圳吗？赶得及？"

唐桃看了一眼夏炽，他正专心工作。

黎薇大概是为他飞回来的吧。

下午三点钟，黎薇果然准时到了。

她拖着行李箱，一进公司就往会议室赶，视线越过众人落在夏炽脸上。夏炽正侧身和唐桃说话，余光留意到她，这才站起来。

"黎总。"

黎薇放下行李箱，快步上前，双手握住夏炽伸出来的手，紧紧的。唐桃和夏炽都一愣，夏炽则礼貌性地回握了她的手。

黎薇的目光还定在他脸上，半响，浮现一个微笑："辛苦夏先生了。"

"不辛苦，我一直对约翰逊先生很有兴趣，也算我捡到一个便宜，该我谢谢黎总。"夏炽礼貌地点头，和黎薇一同坐下。

黎薇喝了口水，定定心神，回到了平时那个从容不迫的总裁形象。长途跋涉，她的衣领有些皱，她伸出一只手整理平整，冲对面的唐桃笑："我们唐桃和小黄是最大的功臣，不仅进了决赛，还请来了夏炽，决赛我们必倾全公司之力，争取拿到冠军。"

小黄有些不好意思地摸摸头："哪有，我该做的。"

唐桃对上黎薇和善的目光，不知为何，心里有股隐隐的不安。

对于夏炽，黎薇从未表现得有任何特别，也没有任何私交。今天，却仿佛不一样了。

会议中，小黄简单分析了前两次比赛的内容和方案，并把每次晋级的队伍做了比较，时至决赛，还剩下三组队伍，除他们以外，还有一个老牌的腾龙工作室，和一组由五个毕业生组成的队伍，虽然经验不足但创意很好。

Chapter 07
邀请 × 抉择

"大学生队伍已经退出了。"在小黄滔滔不绝的间隙,黎薇插嘴道,"今天早上刚收到的消息。"

"怎么会?"唐桃惊讶。

"这决赛的题目,等于为一名表演家量身定制一场演出,考验的不光是舞美团队的设计能力,还有财力、人脉以及号召力。毕业生团队创意再好毕竟社会经验浅,他们自己也明白,找不到能与我们抗衡的表演家。"黎薇眼波一转,又落在夏炽身上,"有夏先生加盟,我们已经赢了一半。"

小黄这个没心眼的,立刻附和道:"对对对,我们'素材'越好作品越好!"

黎薇从公文包里掏出一沓厚厚的文件,将文件推至众人面前:"听到夏先生加盟的好消息后,我让秘书搜集了这些年你的表演资料,做了简单的分析,也方便我们制订后面的计划。"

不愧是黎薇,办事效率和质量都是一流——这些文件详细地记录了夏炽自高中以来能在网上查到的所有表演信息,有些甚至还附有视频链接,堪比个人数据库。夏炽的目光扫过文件夹上的标签,说:"嗯,很全。"

"你虽然一直以古典歌剧为主攻对象,但这几年的风格变化很明显,最近也在尝试和新兴歌剧导演合作,其中不乏约翰逊大师门下的弟子,是吧?"

黎薇的手臂越过半张桌子,打开其中一个文件夹,准确无误地抽出几张纸:"我尤其喜欢你这两场表演,风格非常细腻,融合了西方的表演形式和歌舞剧的神态动作,算不上大创新,但已经能看出变化了。"

夏炽的双手本来放在腿上,听她这么说,接过文件仔细翻看起来。他抬起头,目光亮了几分:"没想到黎总对歌剧这么有研究。"

"我们舞美工作室经验还浅,歌剧项目接得少,但我个人尤其爱歌剧,只要有空就会跑去欧洲散心,也是各大歌剧院的常客。"黎薇缓缓地说,"我真羡慕你在意大利待了那么长时间,受当地的文化影响,得到的感受想必也不一样。"

黎薇和夏炽明明是第一次商谈,很多想法却都不谋而合。他们从当今歌剧流派聊到这次的约翰逊大师比赛,浑然忘我,别人都插不上话。

小黄乐得清闲,走到饮水机旁给唐桃倒了杯水:"喝吧,估计还得有一会儿呢。"

看着夏炽全神贯注的侧脸,唐桃感觉心仿佛被人不轻不重地捏了一下。

会议结束后，唐桃接到淳子电话。

"今天忙不忙？"

"刚开完会，一会儿和同事讨论方案，怎么了？"

电话那边短暂地沉默了两秒。

"不急的话，能不能陪我两天？我思来想去，还是得去法国那边亲自看一看，不然我永远定不下想法。"

唐桃惊讶："法国？"

"家主来找过我，我不否认他说的有道理，但我还是想亲眼看看，牺牲一个家庭究竟能换来怎样的收获。"淳子轻轻咬住嘴唇，"姐，你和我一起去吧，我觉得你也该看看。"

唐桃望了眼会议室，夏炽还在和黎薇讨论，全神贯注。

"我要和领导请示一下，毕竟特殊时期，况且我又把夏炽拉进来了，留他一个人我也不放心。"

淳子那边没了声，唐桃心里忽然一阵内疚，柳原家的大小事务都压在这个妹妹肩上，难道陪她去一趟法国也要推脱吗？她心头瞬间涌出无数念头，一咬牙："好，我陪你去，大不了我先把工作提前都做好，想必他们也不会太为难我。"

"姐……"淳子的声音充满感动。

"你想什么时候出发？"

"今晚十点半，咱俩的签证也都没过期。"

十点半？

唐桃的肩膀忽然搭上了一只手，黎薇静悄悄地走过来，关切地问："怎么了？家里有事？"

"嗯……黎总，我下午把资料整理好传给您，您能不能给我放两天，不，三天假，我家里有急事。"唐桃面露为难，"我知道现在是特殊时期，项目也一直是我和小黄负责，但……"

"别担心。"黎薇打断她，"你工作一直认真负责，现在既然家里有急事，我当然会给你放假。"

"谢谢您！"

"这次决赛我也会参与，亲自操刀项目设计，所以你和小黄的担子会轻一些。"她伸手理了理唐桃鬓间的发，"你放心去，等你回来了，再帮我和夏炽不迟。"

Chapter 07
邀请 × 抉择

似乎心里的那只小手，又轻轻地捏了下她的心脏。

唐桃睁大眼，第一次仔仔细细地、含着警惕地盯着黎薇，想从她眼底瞧出些什么。

难以言说的预感让她心慌，似乎已经被困在网中，目不能及处是捕食者尖长的爪子。

黎薇淡淡地看着她，嘴角勾起，笑容和煦温柔。

坐了十二个小时的飞机后，两个人抵达巴黎戴高乐机场。

唐桃在飞机上稍微睡了会儿，淳子一直没合眼，下飞机时双眼全是血丝，还强撑着赶路。唐桃说："算了，我们先找个酒店休息一下，你这个状态也没法谈什么。"

"不用，咱们直接打车去，两个小时后AMOUR的店正好开门。"

"法国这边的人都追到国内去了，AMOUR还会有人吗？"

淳子嗓子一哑，不做声了，伸手拦下一辆出租车。

此时正是欧洲的清晨，汽车一路从机场驶向市区，眼前的景色交错变换。唐桃坐在副驾驶座位上，支着脑袋望向窗外。

一辆红色敞篷车从他们车旁驶过，一对小情侣刚刚度假归来，车后座上还堆着冲浪板和衣物。

往昔的记忆从心头涌现，唐桃脸上闪过憧憬，似乎又有些遗憾。

"想什么呢？"淳子问。

"感觉我已经不年轻了。"

"别人是岁月催人老，我们是家主催人老，明明年纪大了一辈，还像个小孩一样给我们找麻烦。"

唐桃"扑哧"笑了："说得好。"

一个小时后，车子驶入市区，两个女孩隔着窗户看见了莱茵河和河岸的巴黎圣母院。

时间还早，路上行人很少，淳子打开翻译软件，说道："还有多久到？"

法国司机也对着手机的自动翻译说了一段法语。

"他说什么？"

"他说咱们的这个地址还要往前，在小巷子里，还得开一会儿。"

"你睡一会儿吧，我看着。"唐桃说。

"不了，我也好久没来法国了，想多看两眼。"

十分钟后，车子拐进一条古老的小巷子，淳子眼尖，一眼就看见转角处店门上的牌子："AMOUR！"

"Oui！（是！）"司机脸上浮现笑意。

淳子赶紧打开翻译软件："这家店关门了吗？还是开着的？"

司机颇为自豪地拍了拍胸脯："这家店是百年老店，巴黎最古老的面包房之一，怎么会关呢？你们等一会儿就开门了。"

唐桃和淳子面面相觑。

难道藤本直树还没把这边搞定？

下车之后，唐桃和淳子感到冷得厉害，便去另一条街唯一开张的咖啡厅喝咖啡。又等了差不多三十分钟，她们起身出发。刚到面包房门口就傻眼了——小巷子里排起长长的队伍，至少有三四十人！

"这些人从哪里冒出来的？"淳子冷得直缩脖子。

"不知道啊，他们都是来AMOUR的？看来真没倒闭。"

"不管了，总之先进去看看再说。"淳子冷得直跺脚，"我的天哪！欧洲也太冷了吧！"

她们还算幸运，前面的很多客人都是打包带走，面包房本就不大，她们是最后两位能堂食的客人。一个围着围裙的小帅哥将她们带到靠窗的位置，唐桃打量着环境，不过是欧洲随处可见的那种面包房——温暖的实木装饰，长长的吧台，靠窗的地方摆了好几盆花，不知道什么品种，细小的白色花苞一簇簇开着。

唐桃说："好香的面包味儿。"

"这么破啊？"淳子有些失望，用挑剔的目光扫视店内陈旧的装饰，"我还以为是什么高端的地方，值得家主那样费力争取，不就是个小面包房吗……"

唐桃望向墙上挂着的照片，笑："你看，Chloe也在上面。"

十几个人簇拥下的那个小女孩，正是小时候的Chloe。

"我找找有没有她的丑照。"淳子坏笑着说。

两个女孩聊着天，之前那个围着围裙的小帅哥走过来，托盘里放着两块羊角面包和两杯清咖啡。他蓝蓝的眼睛冲她们眨了眨："祝二位好胃口。"

这句话淳子听懂了。她愣了下，掏出手机："我们还没点呢。"

Chapter 07
邀请 × 抉择

"我们店里现在只卖羊角面包和清咖啡。"他对着手机说道。

唐桃一看，果然其他客人桌上都是这两样东西。她冲淳子点头，淳子追问道："为什么？"

小帅哥笑容不减，冲着手机嘀咕了一大段，不知道是口音太重还是软件不够智能，翻译半天都没结果。就在这时，对桌的女人放下报纸："他说他们店面临倒闭，现在只有他和一个面包师傅在，人手不够，所以每天只提供三百块羊角面包，卖完就关门。"

"徐琳！"淳子一愣。

"徐琳？"唐桃皱眉。

"吵死了，声音小点儿。"徐琳朝两个人一瞪眼，困倦地揉揉眉心，"难得放松的早晨，又被你俩搅和了。"

自从唐桃退出柳原社的竞争，徐琳一反往日的彬彬有礼，连装都懒得装了。对淳子更甚，不仅没把她当成下任柳原社家主，甚至都没把她放在眼里，有时候连招呼都不打。

徐琳是藤本直树的得力干将，人美又有能力，唐桃面对她总有种低她一等的感觉。淳子不吃这套，她眉头上挑，笑容满面地打量着徐琳，问："你是要收购AMOUR的罪魁祸首之一，刚才那小帅哥知道吗？"

"知道啊。"徐琳轻描淡写地说。

淳子一愣。

"要收购AMOUR的是柳原家，我只是社下的一个小职员，他们没必要为难我。法国方面，要卖掉AMOUR的是经营这里的人，他们内讧，就更怪不到我身上。"徐琳从头到尾都没看她们，"既然来了就安安静静吃饭，叽叽喳喳的，不知道还以为是麻雀飞进来了。"

"你……"

"算了算了。"唐桃赶紧抓住淳子的手，"我们先吃饭，吃饭。"

淳子气哄哄地抓起羊角面包狠狠地咬了一口，她眼神一滞："好吃！"

"真的啊？"

"嗯，我喜欢羊角面包，也算吃过不少名厨名店的点心，烤得这么好的还是头一次吃到。"

唐桃也咬了一口，确实入口酥软，表面的焦糖也很香，配上咖啡十分可口。她问："是好吃，但我吃不出特别在哪里。"

"如果这位主厨的每一样点心都能做得这么好，那么，我也算明白家主的坚持了。"淳子把最后一口塞进嘴里，掸了掸手，"你就当他是法国版的秦老爷子。"

"哦！"唐桃恍然大悟，"不过既然这里的面包这么好吃，为什么AMOUR的经营还会出问题？"

淳子的眼神转向徐琳，这不是她能回答的。

徐琳端起咖啡，慢悠悠地品了一口："告诉你们也无妨，AMOUR的经历，算是成也萧何，败也萧何。这位巴黎总店的主厨已经五十八岁高龄了，他十岁就在店里做学徒，算是见证了店里的兴衰。他勤奋好学，二十岁就拿了无数的甜点大奖，AMOUR在他的领导下不断壮大，鼎盛时期在欧洲有上百家分店，甚至都辐射到了日本和东南亚。这位主厨，其实才是家主收购AMOUR的主要原因。一个天才所创造的价值，比一万个庸人要多得多。"

"说重点。"淳子说。

"这位主厨精通西式甜品，手艺高超，为人又厚道，AMOUR不仅在外国游客里很有人气，就连本地人也将这家店当作休憩和早餐的最佳场所。可惜，市场一直在变，十年前，也就是主厨四十八岁生日，AMOUR第一次出现亏损，此后年年如此，生意也大不如前。

"手艺立人，而创新才能立公司，就算这位主厨的手艺再好，也跟不上年轻人的善变和外国资本的流入。现在看看巴黎街头，日式餐厅、东南亚菜，甚至中国的奶茶饮品店都比比皆是，AMOUR还在卖几十年前的产品，又怎么能竞争得过？"

听到这里，唐桃和淳子的脸色都很沉重。现在的AMOUR，隐约可见几年前柳原社的影子。

"对于AMOUR来说，变通和创新刻不容缓，从柳原社长久的发展来看，入资欧洲也是早晚的事情。家主很有野心，他一早就看中了这位主厨和他的团队，才非要收购AMOUR不可。"

唐桃有些疑惑："但这位主厨不是很古板吗？他既然不愿意创新，那又怎么肯为柳原社做事？"

"他将负责培养新一代年轻甜品师，帮他们打牢基础，新的产品线开发将由他的徒弟们完成。"徐琳喝掉杯中的最后一滴咖啡，"做生意就是如此，越是想守住的东

Chapter 07
邀请 × 抉择

西，有时候越会牵制你的脚步。"

"那又如何？"淳子说，"既然家主都回去了，你还留在这儿，说明那位主厨也没同意你的提议吧？"

徐琳冷淡地看她一眼，没说话。堂食的客人陆续走了，店里清闲了一些，这时小帅哥走过来，弯下腰和徐琳耳语了两句。

徐琳的脸上浮现笑容，她抓起包，在小帅哥的引导下径直朝后厨走去。

咖啡吧的后面，明净的窗户里，有个穿着厨师服的白发身影一闪而过。

唐桃和淳子面面相觑。

淳子脸色发白，慢吞吞地说："我觉得，事情没这么简单。既然一开始家主的目的就是这位主厨，为什么不直接挖走他，反而要从AMOUR的店下手？又不是奴隶社会，他要愿意跳槽，付违约金就行，AMOUR还能拦着不成？"

"你的意思是……"唐桃也明白了。

"家主先用巨大的利益引诱Chloe的父兄，等他们点头了，AMOUR这家店已然名存实亡。作为待在这里几十年的主厨，看到树倒猢狲散，必定是心寒的。"淳子喃喃感慨，"杀人诛心，家主这招实在高明。"

出了店，唐桃和淳子都有些心神不宁。她们望着店门口寂静的铜牌，同时说："再留两天。"

又同时说："好！"

两姐妹面对面，笑了。

打车去酒店的路上，唐桃瞥了眼后视镜，连续二十个小时没合眼的淳子，终于靠在椅背上睡着了。

Chapter 08
陷害 × 取舍

黎薇工作室。

唐桃走后，决赛创意工作依旧有条不紊地进行。

黎薇那天和夏炽谈到深夜，会议室的灯一直亮到凌晨。夏炽回家后，黎薇拿了个枕头靠在沙发上，彻夜研读资料，不知不觉竟熬了个通宵。老板加班，小黄这个打工仔自然不能走，铺了个毯子在会议室打了地铺，早上起来浑身酸疼。

他揉揉布满血丝的眼睛，一出门就闻见咖啡香。黎薇洗漱完毕，还换了衣服，神采奕奕，递给他一杯咖啡："早饭在桌上，吃完来工作。"

唉？

反常啊反常，老总这是打了鸡血吧。

黎薇是出了名的工作狂，但迟钝如小黄，也察觉到她异样的热情多半是"夏男神"给的。想当年林迦在俄罗斯第一次公演，黎薇就推掉一个大项目亲自去俄罗斯挖他，前后两年时间才得到林迦的信任，结果出了那件事，让大家都很唏嘘。

这位"夏男神"，想必是老总的新目标。

小黄喝完咖啡，老老实实地帮黎薇整理资料，早上九点，夏炽准时到了。

夏炽俊逸的外形让小黄自惭形秽，人靠衣装马靠鞍，有时间他小黄也要去搞一身西装穿穿。

夏炽方一坐下，黎薇就拿出彻夜推敲的方案，双眼充满神采。夏炽一扫文件封面："浮士德？"

"对，决赛内容就做浮士德。"

短短一句话，夏炽整整思考了五分钟。五分钟后，他抬起头："好。"

"唉，为什么要做浮士德？"小黄一脸蒙。

"浮士德的演出是约翰逊先生的成名作，这部作品的主要角色有两个，浮士德和恶魔。约翰逊先生一反常理，将本来演员演出的恶魔角色用一张剪纸代替，甚至没有一句台词，当时引起了不小的轰动。"黎薇耐心解释。

"这个我知道。"小黄的眼珠转了转，"哦，我懂了，您是想创新浮士德这个剧，引起约翰逊先生的注意！"

黎薇点头，视线却看向夏炽："我想让你出演恶魔这个角色，通过恶魔的视角来讲述浮士德的故事。"

这句话出乎夏炽意料，他一贯淡然的神色透露出一丝不解。

"你歌剧经验非常丰富，国内的年青一代几乎无人能抗衡，你太完美了，以至于

Chapter 08
陷害 × 取舍

年纪轻轻就遭遇了事业的瓶颈。"

从未听黎总这样夸过人,小黄在心里吐舌头。

"你接近约翰逊先生不就是为了寻求突破吗?我做过浮士德,有经验,我们公司的文创组也有实力,足以给你量身定做出至少半小时的台词。"黎薇身体前倾,双眼炯炯有神,"夏炽,和我合作吧,我是世界上最了解你的人。"

此话一出,夏炽和小黄俱是一愣。

黎薇眼神微动,将身体往后撤了些,笑着补充说:"最了解你的策划人。"

夏炽默不作声,又仔细地翻看了她彻夜写出的方案,随后抬眸一笑,用平常的冷淡口吻说:"交给你了。"

中午,小黄订了餐,端着饭盒坐在沙发上吃。他坐的位置正好能瞧见会议室,夏炽和黎总还在开会,三个小时没离开过。

小黄也不知道自己在担心什么,搞得自己心里有鬼似的。

夏炽落在桌上的手机一振,未知号码。

小黄犹豫着要不要送进去,犹豫间,电话断了。过了一会儿,屏幕上出现一条微信。

"在干吗呢?"

敢情是唐桃啊!

小黄心想这下可得赶紧送过去,没想到他刚起身,会议室里居然没人了,东西都堆在桌上,估计那二位应该是去吃饭了。

手机再次振动,小黄担心唐桃有急事,挣扎了一下,还是接起电话。

"喂,唐桃,我是小黄。"

"小黄?夏炽呢?"

"他刚刚去吃饭了,我怕你有急事,要不我一会儿让他回电话?"

"也没什么急事。"唐桃说,"项目怎么样了?有进展吗?"

"咱们黎总你也知道,疑难杂症在她手底下就跟切菜似的,你走才一天,方向已经定下来了,我都插不上话。"

此言一出,小黄就知道说错了话。

唐桃此刻正坐在酒店的床上,看了眼一旁熟睡的淳子,捂住话筒:"我去走廊和你说。"

"这次黎总准备得很充分,对'夏男神'的风格又很了解,提出的点子我虽然不太懂,但'夏男神'好像挺认可的。"小黄说,"黎总的意思,是要为这次决赛量身定做半小时的剧本,搞创新,工作量很大,道具组那边已经专门拨了三个人过来帮忙了。"

"这样啊……"

小黄看了眼会议室的方向:"唐桃,我嘴笨,也不知道怎么说。如果法国那边不忙,你尽早回来吧,请假太久毕竟不好。"

唐桃的预感是对的。

三天后,当她拎着行李箱踏进公司大门,江山已然易主。

她的桌上堆满了纸箱和文件,椅子下面也塞了好几双鞋,水杯倒在桌角,里面的茶水都干了。唐桃快步上前,把文件架里的资料抽出来,还好没湿。

唐桃四顾,小黄和小满都不在。前台告诉她,公司全体出动去歌剧院测量场地了,晚上才回来。

唐桃心里有些不舒服,打电话给小黄,没人接。

自从上班以来这是头一次,她五点准时回家,一个人坐在空荡荡的客厅里,看落地窗外的天色一点点暗下来。

第二天去公司,所有相关人员都在会议室开会。唐桃轻悄悄地走到门边,小黄眼尖,当即朝她招手:"唐桃!这儿!"

唐桃这才在边上坐下,把笔记本放在桌上。

夏炽的眼神立刻从桌子那边投过来,唐桃头一低,躲开了。

黎薇双眼盯着屏幕,道具组的人正在介绍连夜赶出来的设计图。唐桃半途加入,很多地方听不懂,小黄凑过头,小声跟她解释。

长达半个小时的陈述后,黎薇将钢笔套回笔帽,简洁地陈述了几点意见,秘书连忙记下。她的脸转过来,像是这才看见唐桃,笑:"回来了?家里的事情办妥了吗?"

"办妥了。"唐桃连忙回答。

"正好,听听大家的意见,道具组的方案怎么样?唐桃你也说说,你一贯点子多。"

Chapter 08
陷害 × 取舍

"我才回来,还要再了解一下,暂时没什么疑问。"

黎薇点点头,转向夏炽,说了一些自己的观点。

夏炽侧过身子聆听,全神贯注。

唐桃望着夏炽格外专注的侧脸,微微颤抖的睫毛,笔挺的鼻梁,在思考时习惯性抿住的嘴唇,心中慢慢地泛上苦涩。

这样的他,似乎随时随地都在吸引着别人,俘虏着别人,征服着别人。

那么……自己是匹夫无罪,怀璧其罪了。

会议结束后,夏炽走到唐桃身边,不顾众人的视线,手在她头顶揉过:"怎么样?"

"我在法国碰到徐琳了,她去挖AMOUR的主厨,成功了。"

夏炽十分惊讶:"怎么回事?"

唐桃挑重点说了一下,夏炽眼神闪动,语气十分佩服:"我这位老丈人还真厉害。"

唐桃说着话,注意力却难以避免地落在后面的黎薇身上,她靠在门边注视着二人,安静地等待谈话结束。唐桃忽然伸手拉住夏炽的手臂,略带恳求的眼神看着他,说:"中午我们一起吃饭好不好?"

夏炽没多想,说:"中午黎薇约了供应商,要谈事情。"

唐桃手一顿,强忍住不往后看,又说:"那晚上呢?"

"晚上我住在公司。"

"睡哪儿?会客室?"

"嗯。"

"那我去你家给你拿点儿衣服?你在这儿什么都没有吧?"

唐桃太了解他了,一忙起来就不顾吃饭和休息的家伙。

夏炽点点头,眼角眉梢都溢出温暖的神色。他温柔地低语:"那辛苦老婆了。"

唐桃浑身的注意力都在黎薇身上。

对方脸上毫无变化,依旧笑得云淡风轻。

唐桃赶到夏炽的住所,为他打包了几套衣服、鞋袜,还有他惯用的洗发水,又拿了几罐冰箱里储存的咖啡。夏炽这家伙工作时衣冠楚楚,在家里偏爱休闲柔软的居家

服,唐桃想了想,又给他带了一套黑色的条纹睡衣。

　　送过去的时候,大家已经散了。道具组的人还在加班,夏炽应该在会议室里看资料,休息区的沙发上,黎薇一个人在台灯下坐着,侧脸宁静美好。

　　唐桃打招呼:"黎总。"

　　黎薇抬起头:"唐桃啊,还没回家?"

　　"我来给夏炽送衣服,他不太会照顾自己,我想让他住得舒服一些。"

　　"有你这样的女朋友是他的福气。"

　　唐桃笑了笑,从袋子里掏出两罐咖啡:"黎总,我看您也喜欢喝咖啡,这是我托人从意大利带回来的,按照一比三的比例加水或者鲜牛奶,口味很好。夏炽挑剔,唯独喜欢这一款,您也尝尝?"

　　说这话的时候,唐桃的心快蹦出来了。

　　黎薇站起来接过,淡淡地回:"谢了。"

　　接下来的几天,唐桃和小黄像快用完的牙膏,一点点地被人挤出了创意组。原本初赛和复赛都是他俩全权策划,这次的决赛却完全换了班底,唐桃和小黄几乎没事做。

　　两个人坐在格外冷清的工作区,面面相觑。

　　"我觉得……"

　　"我知道。"

　　"我是想说……"

　　"我知道。"

　　小黄看着她:"你真知道?"

　　"嗯,我们被排挤了。"

　　小黄嘴唇动动,拿手蹭蹭鼻子,没吱声。

　　"被排挤的理由,我想我也知道。"说这话的时候,唐桃声音很轻。

　　下午,唐桃正盯着电脑发呆,隔壁组的人找过来:"小黄呢?黎总让他买四杯咖啡送到会议室,现在就去。"

　　"小黄去厕所了,他肚子不舒服。"唐桃想了想,"我去吧,单子给我。"

　　"那辛苦你了,记得开发票哈。"

　　咖啡厅离公司不远,唐桃就当散心,慢悠悠地走过去。在等咖啡的时候,她的目

Chapter 08
陷害 × 取舍

光扫过沙发上的顾客——长头发，鸭舌帽，尖尖的下巴，修长的脖子。

唐桃惊讶："大廖！"

大廖转过头看见她，瞳孔一缩。

"你怎么在这儿？走了也不打声招呼，还是小黄告诉我的。"

大廖的脸色明显阴沉下来，又碍于公共场合无法发作，不屑地扯了扯嘴角。

浓浓的敌意从她眉眼中散发出来。

唐桃见她这样，也不想自讨没趣，于是闲扯了两句，转身回吧台等咖啡。

大廖忽然说："黎薇怎么样？"

"挺好的。"唐桃想了想，"我们接了福斯歌剧院的项目，进了决赛，现在在准备。"

"你听不懂我的问题？我问你黎薇怎样？"

唐桃有些意外地看着大廖，品味着她话里的意思，遗憾的是并没有品出什么味来。

"你到底想问什么？"

大廖"哼"了一声，眉宇间露出嘲笑的神色："她的'牙'都咬在你'喉咙'上了，你还给她卖命呢？我告诉你，只要她想得到的东西，没有得不到的，骗也要骗来，抢也要抢来，你觉得她现在最想要什么？"

"她看中的是夏炽的才华。"唐桃毫不示弱地瞪回去。

"你男朋友是有才华，但他更有能力，有家世，他实在太吸引人了。我不妨告诉你，她背着你动过手脚——那条纽扣项链，就是黎薇让我交给夏炽的。"

唐桃大惊："什么意思？"

"你自己猜啊？我现在跳槽去了腾龙，待遇可比黎薇那边好，又何必帮你？"大廖冷笑，拎包站起来，"我还约了人，再见。"

温暖的咖啡厅里，唐桃手脚冰凉。

服务生轻声喊道："唐小姐，您的四杯咖啡好了。"

×市郊区。

机场。

淳子比唐桃晚一天回来，刚出机场大厅，就看见一张笑得灿烂的脸。

淳子原地僵住，忽然转身拨弄头发，整理衣领，顺手给了自己一巴掌——飞机上

睡了八个小时，没洗脸，满头油。

"淳子！"

"我在这儿。"她尴尬地招手。

去市区的车上。

"你怎么来接我了？"

"你自己说的啊，下午三点到×市。"

飞机因为天气原因晚起飞两个小时，他应该等了很久吧。

淳子没心情客套，死盯着后视镜里的自己，心里盘算着怎么能毫不做作地掏出口红来。

菊从包里拿出一份包装好的面包和咖啡："怕你饿，来的路上买的。"

淳子心里暖洋洋的，一边喝咖啡，一边和他聊法国的见闻。

"Chloe这几天怎么样？"

"挺老实的，我跟酒店前台询问过，他们说Chloe不怎么出门，大多数时间都闷在房间里。"

"她肯定在打什么算盘呢，我就不信她能乖乖待着。"

"还真是。"

淳子右眼皮忽然重重一跳，追问："什么意思？"

"今天我出发前去找过她，她叫我直接把你接到酒店大厅的餐厅，好像有话跟你说。"

"她妥协了？"

"这个我不清楚，她最近也不和我说话。"

菊的表情轻松，手指一直摆弄着背包的带子玩。淳子盯着他貌似了无心事的侧脸看，总觉得不对。

她的第六感一直很准，尤其在坏事上。

车在酒店前停下，大厅的餐厅里没几个客人，金发的Chloe十分引人注意。菊在门口停下脚步："我就不进去了，她说要和你单独聊。"

"好。"淳子瞥了一眼大厅休息区中的沙发，"你能不能等等我？我给你带了礼物，一会儿给你。"

"好。"菊笑，露出一口好看的白牙。

淳子深吸口气，沉着脸走进餐厅。Chloe坐在靠窗的沙发椅上，看见她过来，用下

Chapter 08
陷害 × 取舍

巴指了指对面："回来了？"

"嗯。"

"AMOUR的最后一块铜墙铁壁，还是被你们的三寸不烂之舌攻陷了。"Chloe毫不掩藏心中的恨意，漂亮的脸上堆满轻视，"很得意吗？"

淳子一甩头："得意啊。"

"你……"

"为什么不得意？你家老爷子被一点儿钱打发了，你家兄弟又不向着你，你们家最后一个老师傅心灰意冷，弃暗投明，我为什么不得意？"淳子语速飞快，"现在你知道了，没有任何人站在你这边，所有人都是你的敌人。"

Chloe脸上一阵红一阵白，恨恨地说："你还真不要脸。"

"我看你也想明白了。"淳子喝了口茶，"说吧，到底想跟我说什么？"

Chloe轻轻叹了口气，看着淳子："我签。"

淳子一怔。

"卖掉AMOUR，我同意了。"Chloe挑眉露出一丝得色："当然，有一个要求。"

好吧，不提要求才有鬼呢。淳子心里高兴，表面还装得十分冷静："咱们反正不是朋友，你也不用跟我客气。说吧，想要什么？钱？工作？柳原社的股份？"

"把菊给我吧。"

淳子一僵。

"什么？"

"把菊给我，我就在合同上签字。"

"他本来就不是我的，我怎么给你？"淳子满脸不可思议。

"你和他认识时间长，关系好，我喜欢他，不希望你干扰我们。"

"……"

淳子体会到了什么叫张口结舌。

"是他告诉我，我输了，是时候放手了。也是他告诉我，或许我放弃的东西本来就没那么珍贵，从我父亲决心要卖的那一刻起，AMOUR已经不存在了，我攥得再紧，终究只是一个空壳子。"Chloe看向大厅沙发上等待的背影，嘴角竟浮现一丝笑，"他说的话我听得进去，他肯这么为我着想，一定也是喜欢我的。"

Chloe的双眼亮晶晶的，美丽的脸因为微红更显生动。

淳子的喉咙像被人掐住。

丫头，你错了。他就是对谁都好，对谁都体贴，他会在下雪天将伞撑在你的头顶，下雨天背你走过泥泞的小径，他会在最口渴的时候把水留给你，也会在你哭泣的时候替你擦干眼泪。

他会为你做任何事情，除了喜欢你。

淳子摇头："他不会。"

"他会的。"

"他不会，他心里有一个人。"

"那又如何？"Chloe公主般骄傲地扬起下巴，"值得用AMOUR去换的人，当然不会轻易臣服。"

法国姑娘脸上充满自信，说出的每一个字都斩钉截铁。

淳子嘴唇动了动，劝阻的话一股脑地堵在嘴里，软弱无力。

淳子啊淳子，你究竟是想劝她，还是想劝自己？

×市的另一边，黎薇工作室。

唐桃在走廊堵住黎薇。

"黎总，我们谈谈吧。"

黎薇的眼睛还盯着手机屏幕："谈什么？不能在项目结束之后再说吗？"

"不能，很急。福斯剧院这个项目一直是我和小黄负责的，对比赛流程也最了解，这时候把我们排除出项目，不合适。"唐桃难得有如此强硬的态度，"黎总，是我们做得不好还是哪里出了错？请您明说。"

"决赛是你们争取来的，这我知道，该给你们的奖金一分也不会少。但为夏炽量身定做一个作品，以你们的经验实在难以胜任。我不是轻视你们，只是实事求是。"黎薇淡淡地看她，"你要是非常想参与，就帮我们做一些文书录入工作吧。"

唐桃上前一步拦住她："只是这样吗？"

黎薇抬起头。

"你把我挤出项目组，只是为了更好的作品吗？"

还是说……

两个人的视线在空中交汇，似有无形的火光闪烁。半响，黎薇笑了："不然还能是为什么？"

Chapter 08
陷害 × 取舍

"我在咖啡厅遇见大廖,我知道了。"

黎薇脸色瞬变,一双漂亮又深邃的眼睛,透过看似温柔的皮囊闪烁着寒光。

"黎总,我一直很敬佩你,不只能力,还有为人。"唐桃慢慢攥紧拳头,"请你不要让我失望。"

空旷的走廊,中央空调发出低沉的轰鸣声。黎薇别过脸,揉了揉后颈,手指一根根纤细如葱,唐桃第一次留意她留了很长、很细的指甲。

"下午你找秘书拿份文件,帮我送到合作公司签字,核对仔细了,别出岔子。"黎薇轻描淡写地说,"至于决赛的事情,等你回来再谈。"

唐桃心中有千言万语,比如为什么要指使大廖去送自己丢失的项链?为什么要把自己排除出决赛?为什么对夏炽有这么强烈的占有欲?

可她看着黎薇,还是选择先做好自己分内的工作:"好,那我回来再找您。"

唐桃按照地址去送文件,看见名字吃了一惊——腾龙工作室。

正是另一组进入决赛的队伍。

唐桃顿时对手上的文件很感兴趣,腾龙一直是黎薇工作室的头号竞争对手,业务水平相近,听说上一个创意总监就是从黎薇工作室被高薪挖到腾龙的。之前遇见大廖,她说她在腾龙,不知道今天能不能遇见。

唐桃在腾龙工作人员的带领下很快完成了交接工作。工作人员在文件上盖了个章,将其中一份封回纸袋里,交给唐桃:"麻烦您交给黎总。"

"好了?"

"好了。请在外面的沙发上稍等,还有些东西请你一并带回。"

于是唐桃坐在沙发上喝咖啡,她发现腾龙工作室的布局和黎薇工作室很像,整体装修风格更沉稳厚重些,和黎薇偏女性化的风格区分开来。

对面的沙发上坐着一个人。

很精英打扮的男人,三四十岁,戴眼镜,微笑地看着她。

唐桃一愣:"您是?"

"龙艺华。"他挑眉,"不会没听过我吧?"

唐桃端着咖啡的手一抖——腾龙工作室的创始人!

"不用站起来,坐坐坐,我听说你来送文件,专程来和你聊聊。"龙艺华认真地看着她,"唐小姐,久仰大名,我们做了很久的竞争对手了。"

唐桃汗颜。这位龙艺华也是设计界的"大神",只不过当初她更偏爱黎薇的设计理念,才没往这儿投简历。唐桃赶紧说:"我和小黄是运气好,哪比得上贵工作室的方案成熟。"

这句话倒是不假,腾龙工作室在两场比赛中的方案都很出色,看出来下了不少功夫。龙艺华笑笑,视线落在唐桃脸上:"马上决赛了,唐小姐准备得怎么样?"

"我……现在这个项目不是我负责了,准备得还不错吧。"

龙艺华扬唇,谅解地点点头。

"黎薇就是这性格,说残酷吧,不合适,但用人唯心,有时候蛮伤人的。你虽是新人,但策划和执行力都不错,以后大有可为,不该拘泥于现在这番小天地。"他的手指轻轻敲打桌面,"我该感谢这次比赛,把你这么优秀的人才送到我的面前。"

话中有话。

唐桃不吭声。

"你工作不久大概不知道,两年前你们的首席设计师来我腾龙,现在已经做到管理层了。"龙艺华身体前倾,戴着名表的手腕轻轻放在唐桃带来的文件上,"良禽择木而栖,唐小姐,你若来,我让你参与我们的决赛项目,工资翻倍,以后想主导项目设计,也并非不可能。"

唐桃嘴唇发干,轻声说:"多谢抬爱,可我……"

"黎薇毕竟是个女人,眼界心胸都太小,你记住了,有实力才能和她抗衡,受庇护于她的羽翼之下,难道你还能反抗?"

"龙先生,我也是女人。"唐桃沉下脸。

"我给你时间考虑。"他笑容未减,从西装口袋里掏出一张名片,眨眨眼,"相信唐小姐也是个聪明人。"

唐桃没有离开黎薇工作室的打算,然而龙艺华的每个字都烫着她的心。

是啊!黎薇漂亮、独立、富有、聪明。

若她是朋友,是上司,唐桃可以容忍设计成果被掠夺,可以承受暂时的委屈和误会。

若她不是呢?若她还窥探着其他呢?

做她的下属,完成她布置的工作,受她的驱使而行动,哪里有反抗的资格?

唐桃攥紧名片,心里乱得很。

Chapter 08
陷害 × 取舍

回到工作室，夏炽正坐在她工位旁的沙发上，背后枕着她的大白熊抱枕，高大的身躯把熊脸挤歪到一边。

他手里拿着厚厚一叠剧本，嘴里念念有词。

突然间，唐桃觉得他的眉眼仿佛陌生了许多。唐桃把文件放回桌上，轻手轻脚地走过去，在他头顶吹了口气。

"坐。"他拍拍沙发旁边。

唐桃依言坐下："在背台词？"

"嗯，你们公司的团队不错，写的东西很有质量，看得出做了功课。"夏炽一本正经地回答，"我收回对他们的成见。"

唐桃细细回忆，似乎她刚入职那会儿，夏炽对黎薇工作室颇有微词。

"怎么，'夏男神'也有看走眼的时候？"

夏炽一双炽眸瞧着她，话中有话："可不是吗……"

真奇怪，不管之前心里多烦闷，坐在他身边，和他聊几句，感觉心里的阴霾都烟消云散了。唐桃中午没吃饭，现在才觉得饿，从柜子里摸出两块巧克力蛋糕，递给夏炽一个。

唐桃又详细讲了讲在法国发生的事，夏炽一边吃，一边安静地听。

"对了，做完这个项目你有什么打算？"他问。

"打算？"

"还待在黎薇身边吗？还是你有其他想法？"

唐桃拿着蛋糕的手一顿。

夏炽的脸转向她，表情认真。

"你要是几天前问我，我肯定说还待在这里。"

"现在呢？"

"现在，不知道。"唐桃脸上重新被愁云笼罩，"要是能从天而降一个既重用我，又有能力，工资开得高，长得还帅的老板就好了。"

夏炽瞳孔里微微跳动的火苗，因她这句话燃烧起来。

他将手放在她手上，靠近，轻声说："唐桃……"

"夏先生。"秘书忽然进来喊他，"您看得怎么样了？黎总叫您见一下乐队的人，时间可能会比较长。"

"你赶紧去吧。"唐桃懂事地说，"回来再聊。"

夏炽点点头,起身时又揉了揉她的头发,动作宠溺温柔。

夏炽一直和乐队的人讨论到晚上六点,又一时兴起赶到福斯剧院看场地,当晚没有回公司。

第二天。

唐桃泡了杯咖啡,坐在电脑前录入道具组采购清单。

"唐桃!唐桃!"忽然,小黄从走廊另外一头一溜烟跑过来,"出事了出事了!你怎么还坐在这儿啊?"

"出什么事了?"

"你赶紧过来,我问你……"小黄将她一把拉到茶水间,确定四周没有人,才说,"你是不是投靠腾龙那边了?那边发邮件来了!"

唐桃如遭雷击:"什么意思?什么叫投靠腾龙?"

"你昨天不是去腾龙送文件了吗?是不是有人跟你说了什么,你是不是被人陷害了?"小黄兀自抓耳挠腮,"糟了糟了,我相信你,别人不一定信,这下出事了。"

"你慢慢讲,到底怎么回事?"唐桃冷静地问。

"是这样,今天早上黎总在分公司开会,秘书收到一封邮件,里面是我们决赛的详细方案,一应俱全,连剧本和设计图都在里面!发件人是腾龙那边的,赤裸裸的威胁啊!黎总大发雷霆,一定要揪出背叛工作室的人!"

唐桃眼珠一动:"你为什么认定是我?"

"傻啊你,这次决赛时间紧张,各部门各司其职,部门间的会议也分别召开,为的就是保密!咱俩这些天,唯一做的工作就是汇总资料,这些东西咱俩的电脑里都有!"

唐桃浑身的血液微微发热。她想了想,说:"光凭这点还不能定罪。"

"我知道不是你,我听见这个消息赶紧回来告诉你。"小黄满头大汗,"黎总肯定要单独审我们,你当真没和腾龙那边说什么?"

唐桃睫毛一颤。

"腾龙那边想挖我过去,我没答应。"

小黄一脸"果然如此"的表情:"我就知道,腾龙那边是一箭双雕!你中计了!"

唐桃还想再问,走廊里突然传来一阵急促的高跟鞋声。

Chapter 08
陷害 × 取舍

黎薇的目光在两个人脸上一扫,冰冷地说:"唐桃、小黄,你们过来。"

"这是怎么回事?"办公室里,黎薇将邮件打开,屏幕转向他俩。

"不是我。"唐桃说。

"距离决赛只剩八天,道具已经开始制作,想再换方案也来不及了。"黎薇看起来有些憔悴,眉宇间尽是焦虑,"如今的情况,我也没空追究责任。你们到底是谁泄露了方案,泄露到什么程度,诚实地说,还有商量的余地。"

"黎总,资料确实是我和唐桃汇总的,但我们没背叛公司,福斯剧院的项目本就是我俩的心血,怎么可能泄露给别人?这不是搬石头砸自己的脚吗?"

黎薇目光炯炯:"是否对我不让你们参加决赛心怀不满?"

"绝对没有。"小黄赶紧说,"我们经验不足也是事实,何况,您给我们发了半年奖金,也在参赛文件中将我俩的名字列在前面,不就是认可了我们的成果吗?"

小黄极力辩解道,从头到尾唐桃都没开口。

黎薇看向唐桃:"你没有想说的?"

"如果黎总要怀疑我,昨天文件是我送的,我也确实见了龙艺华,我无话可说。"

"并非我怀疑你,你前脚刚去腾龙,后脚就出这件事,如果你是我,难道不想搞清楚?"

唐桃抬起头:"若黎总仅凭我和小黄有资料,就断定文件从我们这儿泄露,未免武断了。"她目光雪亮,一字一顿说,"要我看,您不是也有全部资料吗?"

小黄大惊:"你疯了?黎总干吗要便宜竞争对手?"

"若她有除了获胜之外的目的呢?"

黎薇沉下脸色,目不转睛地看着这个昔日得力的下属,嘴角轻轻抽动。

"小黄,回去干你的活。唐桃停薪留职,暂时待在公司,泄露资料的事情我会查清楚。"

小黄喊:"黎总!不是她!"

黎薇摆摆手,一脸冷漠地走出会议室。

"你疯了!"小黄喊,"你和黎总关系这么好,诚恳一点儿,她未必会怀疑啊!现在好了,全公司都要误会你!"

"我不怕误会。"唐桃心乱如麻，看了眼手机，"你先去，我接个电话。"

"你啊你，平时这么聪明，关键时刻意气用事！"小黄气呼呼地走了。

唐桃背贴着走廊墙壁，确定没人听到，接起电话："是我。"

"在哪儿？"莫明雪问。

"公司。"

"你托我查的事情有眉目了。那个廖思怡，确实在离开黎薇工作室后去了腾龙，可她在几日前被辞退了。"

"辞退？"

"具体理由不明，但她入职不满一个月就被辞退，不是捅了大篓子就是腾龙故意使诈。"莫明雪笑着说，"唐桃，你现在挺敏锐啊，还学会背地里调查别人了。"

唐桃笑不出来："大廖毕竟不是坏人，她三番五次暗示我黎薇有问题，不像挑拨离间。"

"确实，有些公司表面上势同水火，实则暗通款曲，互相处理废掉的员工，也是常事。"

"什么意思？"

"以这个廖思怡为例，之前你不是说她为黎薇私下办过事吗？可能事情败露或失败，黎薇找不到理由赶她走，便请腾龙那边用高薪挖走她，再借刀杀人将她辞退。你想，一个小设计师，接连被两家重量级工作室拒绝，她还能在业内混得下去？越知名的公司越重面子，不落人口舌，这是最好的办法。"

唐桃心头一片冰冷："我还是不敢相信。"

"我姑且是推测，但敌人的敌人就是朋友，被她辞退的人警告你，你小心是对的。"莫明雪严肃地说，"现在你那边怎样？"

"停薪留职。"唐桃叹气，"我本来还抱有一线希望，幻想是自己误会她了，现在看来，她连解释都懒得解释。我直接辞职拉倒，虽然舍不得项目，但她铁了心要除掉我，我何必碍眼？"

哪知莫明雪斩钉截铁："不行！"

"为什么？"

"夏炽还在公司里。"

唐桃一开始没听明白，想通之后，背上起了一层冷汗。

难道……难道黎薇将她招进公司，处处优待她，甚至让她参加福斯剧院的项目，

Chapter 08
陷害 × 取舍

为的就是接近夏炽？

这一步步，算得如此清楚，能做到吗？

想到黎薇对夏炽工作生平的了解，和第一次开会时那一大沓厚厚的分析文件，唐桃不寒而栗。

"你先别管她怎么想，现在务必狠下心。黎薇这个女人不好对付，所图也绝不简单。"莫明雪的警告就在耳边，"再这样下去，小心你和夏炽出问题。"

唐桃心急如焚，不断朝会议室方向张望，夏炽还没出来。

隔着厚厚的玻璃，夏炽专注认真的表情却如在眼前，更加折磨着唐桃。

她看得出，夏炽是真心喜欢这个项目，他是那种对工作全力以赴的性格，一旦投入进去就很难拔出来。

难道要逼他退出吗？

在他和黎薇产生更深的情谊之前，要求他离开决赛项目？

会议室里传出动静，夏炽和黎薇陆续起身。唐桃立刻站好，紧张地捋了捋头发。

看到夏炽出来后，唐桃深吸一口气："我有话跟你说。"

夏炽看了眼身后："现在？"

"现在。"

黎薇的目光冰冷地射过来，说："夏炽，我们马上动身去歌剧院，不能耽搁。"

唐桃揪心的眼神落在他脸上，一动不动。

夏炽心领神会，将她的肩膀一揽："我和唐桃说几句话，黎总，您先带人去歌剧院，我随后就来。"

唐桃心头一松，自己在他心里还是有分量的。两个人来到僻静处，夏炽问："怎么了？脸色这么差？"

唐桃摸摸脸："丑吗？"

"我看看。"他装模作样地上下瞧。

唐桃心情实在差，懒得跟他贫嘴，看见他手上拿着厚厚一沓资料，问："已经开始排练了？"

"嗯，差不多吧，稿子背了三天，马上去歌剧院和布景音乐合一下。"

不该问的……罪恶感像水一样漫上来。

"你和黎薇合作得怎么样？"

"她不错，思维很灵活，和她沟通很有效率。"

"那……"

如果我希望你放弃呢？

夏炽热烈的红瞳炯炯地凝视着她，几年的磨炼让这双眼睛更加沉稳而富有魅力，里面的热情却始终未变过。是这种坚持让他的灵魂充满光泽，也是这种热情让她深深沉沦，从未减弱分毫。

她喜欢的，不就是他的热爱和执着吗？

唐桃嘴唇颤动两下，目光再次移到他手中的资料上——密密麻麻，是他漂亮认真的字迹。

"你受委屈了。"忽然，夏炽开口。

"你知道了？"

"嗯，今天早上到处在传这事儿，大家看我的眼神都不太对，我一个一个瞪回去。"

唐桃"扑哧"笑了："瞎说。"

"真的，好几个人被我吓到了。"他骄傲地将胸膛挺起。

夏炽低下头，认真地看她："唐桃，你希望我退出吗？"

唐桃摇头："我知道这次机会很宝贵，再说是我将你牵扯进来，也没法让你退出。"

"可你不想让我和黎薇相处。"

唐桃没法回答，干脆不接话。

"放心，我毕生最不能忍受的就是在背后动手动脚的小人，利用你对工作的热爱去设计陷害，背后搞鬼的人我不会放过。"夏炽忽然伸出手指弹了下她的脑门，"至于你，可以再自信点儿，对我也更有信心点儿。"

唐桃心里很甜蜜，夏炽继续说道："你暂且忍耐，等过了决赛，我有个问题要问你。"

"问我还要不要嫁给你？"唐桃开玩笑。

脑门又被重重弹了一下："已经答应的事情，后悔可来不及。"

Chapter *09*
暗恋×夜宴

周日,淳子当司机,载着菊和Chloe去吃饭。

Chloe对菊宣称这是感谢宴,感谢菊长时间以来无微不至的照顾和耐心周到的陪伴,淳子迫于某些不能翘掉的"工作",将他们送到饭店就离开了。

"到了!"Chloe欢呼。

菊先下车,替Chloe打开车门,顺便问淳子:"你真不来?这家店不错,寿司很好吃。"

今天他可真英俊。

Chloe预约了双星米其林餐厅,按照国外的习俗,男士要打领带,穿西装,整理好发型,手臂亲切地被女伴挽着。女士要穿小礼服,高跟鞋,头发绾成最淑女的样子。

淳子扫了眼自己的白球鞋。

"我不去了。"她咬咬牙,"你们慢聊。"

只见明显盛装打扮过的Chloe,挽着菊的胳膊朝饭店走去,还回头冲她比了个胜利的手势。

她脸上笑着,心里却气死了。

柳原家二小姐长这么大,什么时候吃过这种哑巴亏?

两个人逐渐远去,消失在爬满常青藤的小回廊中,夜色温柔,晚风细腻。淳子打开车窗吹着风,听见餐厅里传出浪漫的爵士乐,又赌气地把车窗摇上。

淳子,你冷静点儿!哪怕比Chloe美一万倍的女生,他也不会接受的。

可是……她的目光投向浪漫的餐厅……哪怕是这样一顿饭,自己也得不到。

淳子孤零零地坐在车上,乱七八糟地想心事。

车窗忽然被敲了敲。一双出奇黑、出奇亮的眼睛,嬉闹般轻飘飘地打量着她,看得她一惊。

"夏姜?"

"你怎么在这儿?"夏姜用一只手撑着车门,歪头。

"我马上走了,你来吃饭啊?"

"被放鸽子了,心情不好。"他压低声音喃喃,"没想到有一天沦落到和工作争宠。"

"什么?"

"没听清就算了。"夏姜似乎没有离开的意思,视线在她脸上扫一圈,问,"有事吗?没事我请你吃饭,来都来了,我饿了。"

Chapter 09
暗恋 × 夜宴

"你能那么好心？"

"你是唐桃妹妹，我是夏炽弟弟，我们俩以后可是亲戚，我再坏，还能坑你不成？"一边说，他一边弯起那双标志性的坏笑的眼睛，"来吧，我订的可是整个餐厅最好的位置。"

夏姜所言不虚，他们被安排在一处隐蔽又舒适的位子上，不远处就是钢琴演奏，能同时看见整个餐厅和餐厅外的夜色。

"没骗你吧。"夏姜目光落向窗外。

灯火阑珊，庭院幽深，美丽极了。

淳子刚坐定就搜寻菊的背影，心思全然不在这里。夏姜的眼神转到她脸上，忽然一笑，用小汤匙敲了下香槟杯："在想心上人？"

淳子猝然回神："没有！"

"那你这么魂不守舍的。"

夏姜作势要往那边看，被淳子侧身挡住："吃饭吃饭，你不是要请我吗？最贵的统统来一份。"

夏姜说："这点倒和你姐挺像。"

"我姐常说一句话，谁都会辜负她，好吃的不会辜负她。小妹深以为然。"

说起来，淳子和夏姜接触不算多，一直觉得他狡猾又有心机，心里多多少少提防着。上次在湖边烧烤，她惦记着家主的事情没和大家深聊，今天面对面仔细观察，才惊觉他的变化。

记忆中漂亮狡猾的小男孩，已经长成大男人的模样了。

还是个相当有魅力的男人。

淳子忽然不自在起来，尴尬地摸摸鼻子，将反唇相讥的话咽回肚子。彼时还在岚组，他们都是心思单纯的高中生，就知道斗嘴打闹，百无禁忌，现在作为成年人，反倒没话聊了。

两个人静默了片刻，各自想着心事。夏姜情绪也不算好，嘴角弯起，眼中却全无笑意。晚餐很快上来，丰盛而华丽，夏姜提前配了两瓶很名贵的酒，对他而言，这本该是个非常重要的晚上。

淳子端起酒杯，忽然说："敬伤心人。"

夏姜一愣，随后配合地说："敬伤心人。"

淳子一边吃，一边盯着不远处有说有笑的背影，味同嚼蜡。

夏姜垂着头，姿势优雅地切着盘中的鱼肉，忽然问："他什么时候回来的？"

"啊？"淳子出神。

"菊。"

淳子猛然回神，脸色瞬间煞白。

夏姜慢条斯理地咀嚼着食物，一双光彩湛然的眸子瞧着她，若有所思："我知道了，你还没告诉唐桃。"

淳子心头小鹿乱撞，她进店之前没考虑太多，没想到被揭穿了自己最心虚的事情。

是啊！她没告诉姐姐，没告诉姐姐菊回来了，更没告诉她自己对菊的心思。

狐狸长大了也还是狐狸，这个夏姜，最擅长抓人痛处！

淳子攥紧高脚杯，咬牙切齿："你想怎样？"

"我想不通。事到如今你还瞻前顾后，到底在怕什么？"夏姜轻飘飘地说，"唐桃已经和我哥订婚了，菊这个大活人也不是你姐姐的，你想说就说，不想说就瞒着，干吗摆出一副内疚的样子？给谁看？"

"因为我不像你这么自私。"淳子轻声说。

夏姜眸光一动，面露轻蔑："你姐姐看起来像'包子'，当断的时候断的比谁都干脆，你这点反而不如她。别装了，其实唐桃只是你的借口，你不敢跟他说，是因为你在心里认定，他会拒绝你。"

"他会拒绝我！"淳子忽然大声说，"他当然会拒绝我！"

这句话一出，旁边的客人纷纷侧目，淳子赶紧低头，恨不得给自己一巴掌。

夏姜这个魔鬼，太会抓人痛处，也太会挑拨是非了。

原本就不平的心绪，波涛泛滥。

夏姜将叉子往盘中一丢，拿起餐布擦了擦嘴角，漫不经心地说："人为刀俎，我为鱼肉。生活是，工作是，感情何尝不是？"

这时，窗口忽然传来一阵笑声。淳子看过去，Chloe和菊两个人相对大笑，菊的背影轻轻颤抖，Chloe面色潮红，看起来十分愉快。

淳子嘴里发苦，艰难地摇头："你不懂，要是我跟他说了，我们连朋友都做不成。"

淳子的眼眶泛红，唉，真是，太没出息了。

忽然，她的手腕被用力握住。

淳子惊讶："你放开。"

夏姜不理睬，将她一把从位置上拉起来，力气大得惊人。淳子挣脱不开，喊："你疯了？"

"朋友？别逗了，你这样拿不起，放不下，才真没法再跟他做朋友。"他手上用力，淳子向前一个趔趄，"赢也好，输也好，总要试过才知道。不争不抢，你连和他吃一顿饭的机会都没有。"

说这句话时，夏姜眼中闪着光，他将淳子连拖带拉到窗边，菊正在和Chloe说话，看见两个人先是一愣，紧跟着笑逐颜开。

"你们俩怎么来了？夏姜，好久不见，淳子，你事情办完了？"

淳子感觉整个人像被一根蛛丝悬在半空中，她被夏姜攥紧的手腕很疼，心却火辣辣地燃烧着，眼前一阵阵地眩晕。

"喂！"Chloe站起来，"你怎么回事？说好不打扰我们！"

"菊和我是老朋友，我还不能和他说话吗？"夏姜神情倨傲。

"你……你是哪里冒出来的？"Chloe生出不好的预感，话是对夏姜说的，眼睛却看向淳子。

一时间没人说话，所有人都望着淳子。

"要么大大方方地拥有，要么痛痛快快地失去。"夏姜慢慢松开她的手，"柳原淳子，你自信一点儿。"

淳子艰难地呼吸。

菊担忧的目光在两个人之间游走。

忽然，淳子抬头，一把握住菊的手："你出来，我有话对你说。"

"喂！"Chloe刚要发难，被夏姜一个侧身挡住去路。

"这位小姐，我不管你是天上的仙还是地下的鬼，我朋友要说话，你就让她说完。"

"你是什么人，敢挡我路？"Chloe气得满脸通红，"你给我让开！"

夏姜笑着低下头，一只胳膊撑在桌上，将Chloe整个人堵在里面，无比和蔼地说，"想出去？你试试。"

淳子埋头狂走，根本没看路。

以至于手上传来的力量提醒她时,两个人已经离开饭店很远,走到了一座天桥下面。

他们身处的街区僻静,偶有车辆路过,车灯将两个人的身影拉得很长。菊观察着她的神色,体贴地提议:"我们去上面说吧。"

二人来到天桥上。

淳子在初冬的寒气中打了个寒战,她抬头,菊的眼神平静又温暖,目光将她安静地笼罩着。

夏姜是对的。

菊的个性温柔坦然,哪怕她再冒失,也能一笑置之。

反倒是自己,什么都不说,什么都不做,任由一腔热情在胸膛中无处发泄,长年累月难免有怨气,憋到最后,才真的做不成朋友。

淳子抬起头,轻轻地、仔细地、珍重地看着菊。时光没在他身上留下痕迹,岁月也不曾,他依旧是记忆中那个美好的少年,然而自己却再不能用单纯的眼光看他。

想要得到回报,想要独占,想要拥有。

"我今天本来想和你吃饭,Chloe不让。"

"我知道,她威胁你。"

"她想要跟你表白。"

菊一愣:"这倒没猜到。我以为她是找你不痛快。"

"你觉得Chloe怎么样?"

"她是我见过的最漂亮的小姑娘,也是我见过的最任性的。"菊苦笑摇头,"我看卡伦挺喜欢她这个类型的,我自己是无福消受,她一说话我就头大。"

"那你觉得我怎么样?"

菊又是一愣。

"你不该惊讶。"淳子摇头,"我喜欢你,没法更明显了。"

我看过你所有的画,跑遍全世界去看你的展。

你喜欢的每个画家我都了解,你喜欢的每样食物我都会做。

我在圣诞节给你写祝福的邮件,短短一行字,每个字我都要斟酌几遍。

你旅行的日子里,我的心不在胸膛里。你回来的时候,我的灵魂不在身体里。

我的每一句话都泄露我的心思,我的每一个眼神都会出卖我。

你不该不知道。

淳子深呼吸："你要是再装，未免过分了。"

菊抬头，目光落向黑压压、阴沉沉的天幕。而后伸出手，掌心向上，像要去接天上落下的什么东西。

淳子鼻尖微凉，伸手一摸。

今年初冬的第一场雪，夜一般静，梦一般轻，无声无息地落在两个人的肩头。

菊很久没说话，像要稳稳接住她话里的重量，又像要细细理清多年来的感情。好久好久，久到淳子的心凉到谷底，才听见他说："我知道。"

淳子胸口猛地一阵收缩。

"如果是Chloe，大不了她打我一顿，骂我一顿，过去就过去了，我心里也不会难受。可你不一样。"菊两只手插在外套口袋里，低头直视她的眼睛，"对我，生气的时候你不会骂，伤心的时候你不会哭，你从不要求我做任何事，所以我只能装不知道。"他轻声说，"你懂吗？"

懂啊。

怎么不懂？

"离开岚组的这些年，我们都有自己的生活、自己的轨迹，我眼看你从唐桃那个任性的妹妹，变成现在独当一面的柳原家继承人，我心里高兴，这是真的。"菊缓慢而诚恳地说，"世界上好的人这么多，不要喜欢我。世界上美的风景这么多，不要只看到我。找个能陪你，让你开心的人。"

"不要！"淳子忽然喊。

僻静的街道，因她充满愤怒的声音而震动。

"你听好了，我现在喜欢你，以后也没打算喜欢别人，既然你知道我的心意，就别想把自己撇干净。"淳子激动地说，"内不内疚是你的事，和我没关系，别想把我推给别人，你听到没有？"

菊眼中闪过一丝动容，举起双手苦笑："好好好，我知错了，我没想对你指手画脚。"

淳子气呼呼的："那就好！"

她的心脏"扑通扑通"狂跳，指尖微微发抖。雪越落越大，渐渐看不清桥下的街道，淳子眼前也越来越模糊。肩上忽然一暖，菊脱下西装外套搭在她肩上："小心着凉。"

"喊……"

"怎么?"

"对不喜欢的女生还这么体贴?"

"……"

"我开玩笑的。"

菊用一只手拂去她头顶的雪花:"脾气这么暴躁,以后确实难嫁。"

淳子破涕为笑:"要你管!"

"我当然要管。"他缓慢而怜惜地说,"你是多好的姑娘,怎么能让人误会?"

淳子心想,再多说几句话吧,分分神,好把锥心的痛压下去。

菊显然也是这么想的,他领着她走下楼梯,慢慢朝餐厅走去。

"淳子,你觉得我和夏炽谁比较帅?"

"哈?"

"我和夏炽高中时期平分秋色,一会儿喜欢我的人多,一会儿喜欢他的人多。四年了,我觉得我应该比他帅了,你见他见得多,给句公道话。"

"喊,有什么好比的?"

"那么是我比较帅了。"

"他帅!他又高冷又傲娇又专情,小女生都喜欢这种类型!"

"那你为什么不喜欢?"

"我……我比较成熟,喜欢比我傻的。"

"哦……"

"行了,你有你的好,他也比不上。"

"嗯,这是句公道话。"

当晚,唐桃正在窗前看雪,接到了淳子的电话。

她什么都没说,就一直哭,一直哭。

泄露资料风波暂时平息后,唐桃照常上班,发现小黄在自己桌子前晃悠,手里拿抹布不停在桌面擦拭。她拍拍他肩膀:"早啊。"

小黄大惊,赶紧把手背在身后。

"别藏了,我都看见了,今天他们又是什么招儿?往我的矿泉水里倒白醋,还是在我提交的报告上面画王八?"

"没,我刚才不小心打翻了你的水,对不起啊。"

另一边,小满飞了唐桃一个大大的白眼,毫不掩饰自己才是罪魁祸首。

"行了,我来擦吧,你去忙你的。"

"好,那我去剧院一趟,他们在那儿排练呢。"

唐桃点点头。

自从内部资料泄露给腾龙之后,黎薇他们干脆不避讳了,霸占了整个剧院日夜排练,反而比腾龙那边多了个熟悉场地的优势。唐桃作为第一嫌疑人,在无法自证清白的情况下,整个公司愿意跟她说话的只有小黄,其他人时不时还会找她麻烦。

唐桃把包扔在椅子上,瞥了眼日历,用笔在今天的日期上画了个叉。她停薪留职,天天也没事做,同事们都被派出去工作了,她反而松了口气。

她端着杯子来到茶水间,闭目养神。

一个黑影突然挡在眼前。

唐桃睁开眼:"小满?"

小满一脸不屑:"你还好意思在这儿?"

"我既没被开除,又不打算辞职,不在这儿还能在哪儿?"唐桃说,"坐吧,好久不见了,我们聊聊。"

"你怎么是这样的人?以前装得多喜欢黎总,没想到是一条见利忘义的狗!"小满气愤地说,"黎总不跟你计较,我可看不过去,你这种人就应该被行业封杀,永远没人用你!"

听着这些刺耳的话,唐桃却出乎意料地平静。她看着小满:"我是怎样的人?"

"啊?"

"在你心里,我是怎样的人?"

小满没想到她还有这一问,低头咬了咬嘴唇,说:"我以为你人又好又善良,真是瞎了眼。"

"你看,我还是我,不过因为被一件错事牵扯进去,你就觉得我又邪恶又卑鄙了。我从未承认是我做的,黎总那儿也没有证据,你不相信认识了半年的我,反而相信别人口中的我?"

小满一时噎住,大眼睛在她脸上转了半天,说:"你说黎总冤枉你?"

"我说有人冤枉我,不是我做的,也变不成我做的。"

"可有完整资料的只有你和小黄,还有黎总,总逃不出这三个人吧?"

"你可以不怀疑黎总,那你为什么不怀疑小黄?"

小满又是一愣。是啊,小黄也没法证明自己没背叛公司,但只有唐桃被黎薇留下来训话。传言不胫而走,都说唐桃是罪魁祸首,自然也没人怀疑。

第一个放出消息的是谁?背后操纵大家的又是谁?

小满心思单纯,被唐桃问得哑口无言,只好死死地盯着自己胸前的领结看。过了一会儿,她抬起头:"你敢对天发誓,真不是你?"

唐桃无所谓地举起手:"我对天对地对你发誓,真不是我。"

小满审视的目光在她脸上转了几圈,又在她身上转了转,脸上的戒备这才消失了一些。她撇撇嘴:"那我姑且相信你。"

唐桃失笑:"多谢大美女。"

小满还是一副气呼呼的样子,转身走到一半,又折返回来,从茶水间的抽屉里摸出两块巧克力。

"喏,你吃吧,以后别说我虐待你。"

唐桃心里有些感动,接过来,撕开包装纸,把巧克力放进嘴里。

福斯剧院公开赛,决赛。倒计时三天。

化妆间内,夏炽闭着眼,任由化妆师给自己做发型,抹粉上妆。化妆师正惊叹于世界上还有如此长的睫毛,如此挺直的鼻梁,如此殷红的嘴唇,手上的粉刷被轻轻接过,黎薇说:"你去给其他人上妆吧,我有事和他说。"

"好。"化妆师恋恋不舍地离开。

夏炽羽扇一般浓密的睫毛缓缓打开,露出那对少见的、红宝石般的眸子。他清冷的视线落在黎薇微笑的脸上,颔首:"黎总。"

"感觉怎么样?上次彩排效果很好,今天主要试一下服装和妆面,行的话,正式比赛我们就按这个上。"

他们这次在妆容上做了革新,夏炽望向镜子,看见的不是一个英俊公子,而是被油彩涂抹得十分"脸谱化"的自己。他点头:"这个想法很好,能在短时间内更好地表现出人物的内心变化。"

黎薇点头,半是满意半是欣慰地说:"我们确实很合。"

Chapter 09
暗恋 × 夜宴

她靠在梳妆台上，从随身的公文包里掏出一份文件："我想让你看看这份合同。"

夏炽挑眉："合同？"

"你我作为协助者和参赛选手，分别和歌剧院签了合同，而眼前的这份，是我昨晚刚拟好的。"黎薇轻轻说，"你看看，有不满意的地方，我们可以谈。"

夏炽皱眉，从宽大的戏服下伸出手，修长的手指翻动着文件。

《歌剧经纪人代理合同》。

黎薇等他看得差不多了，解释："你和之前的老东家合同到期，我这边的意思，是希望能由工作室全权负责你今后的发展，包括活动、宣传以及演出，我们会给你提供专业的包装宣传团队，我手上近十五个歌剧院的资源也能为你所用。"黎薇补充，"分成和待遇我已经列在最后了，初步签约三年，如果你还想再长一点儿，我十分欢迎。"

夏炽的目光扫过那一长串天文数字，不动声色。

"我知道你不缺好待遇，不缺好机会，但中国的歌剧事业方兴未艾，已经成功的泰斗大多也默守成规。我可以向你保证，你找不到第二个这么懂你的经纪公司。"黎薇压低身体，漂亮的双眼里闪着微光，"只要你来，我们可以尝试一切你想尝试的风格，拿下一切你想接触的项目，整个团队都以你为中心，你就是黎薇工作室的主心骨。"

不愧是黎薇，操纵人心的魔女，只几句话就抓住了夏炽的软肋。

千里马常有，伯乐不常有。

能在最年轻、最意气风发的时候，有一支全力支持和扶植自己的队伍，对于夏炽也十分难得。

夏炽明显被说动，蹙起双眉，在黎薇殷切的注视下慎重地思考。他抬起一根手指，对黎薇做了个稍等的手势，掏出手机。

"到哪儿了？"他催促，"快点儿，我想听听你的意见。"

黎薇失笑："这是哪位泰斗？需要他的意见？"

"别急。"夏炽笑笑，"马上到了。"

五分钟后，唐桃推开化妆间的门。

"我给你们买了咖啡，耽误了一点儿时间，不好意思哈。"

夏炽淡淡地说:"快坐,就等你了。"

唐桃出现在门口的瞬间,黎薇眼中闪过一丝犀利,依旧沉稳的目光落在夏炽脸上,像在询问他。

"这是我的经纪人,唐桃女士,我的演艺事业从此全权由她负责。"夏炽伸出两根手指,将合同推到满头大汗的唐桃面前,"看看吧。"

黎薇的嘴角慢慢沉下去。

"什么时候的事?"

"一周前。"夏炽说。

一周前,工作室。

"什么?"唐桃震惊,"做你经纪人?"

"我很早之前就在考虑这件事,也问过你,究竟打算在黎薇工作室待到几时。"夏炽淡然地说,"之前你崇拜黎薇,我就一直没提,现在她明显想要驱逐你,我觉得你会考虑。"

"为什么?不是,你要经纪人干吗?你之前不是都和公司签约吗?"

"公司虽然业务多,但制约也多,这么多年来,行业没有丝毫进步,没有丝毫创新。人挪活树挪死,是时候单干了。"

唐桃目瞪口呆地听着他一番高论,用手指着自己的鼻子——为什么是我?

夏炽微微一笑,隔着桌子握住她的手,几乎是深情款款地说:"你大学的时候我一直关注你的作品,实在很一般,就连大四时的获奖作品也充满学生气,实在不能说动了脑子。没想到你跟了黎薇以后,设计的作品都不错,这次比赛的前两个方案也充分突出你的优势——心细胆大、视角独到——和我一拍即合。"

他捏捏她的手,十分诚恳地说:"我想请你负责我的未来,无论生活还是工作。"

唐桃一把将自己的手抽回去:"你夸我还是骂我?"

"夸你。"

"少来!"

唐桃近乎戒备地瞪着那双真诚的眼睛,心脏怦怦直跳,他的提议太突然了。且不说自己究竟有没有能力成为夏炽的经纪人,她毕竟学了四年舞美,对舞美行业十分热爱,总不能放弃一切去做他的保姆吧?

"我知道。"夏炽点头,"你一定觉得经纪人相当于保姆,无法实现自己的理想和抱负。"

……

他是她肚子里的蛔虫吗?

"这点你不用担心。经济上,我在业界小有名气,不愁工作;业务上,试想,你是待在黎薇工作室天天打杂学到的东西多,还是跟在一个歌剧新星身边,为他量身定制舞台方案学到的多?"夏炽唱歌般流畅地说,"感情上,我们从原先很难见面的情侣变成朝夕相处、一起吃饭一起上下班的战友,有何不妥?"

唐桃愣了半天——是没啥不妥。

可是,肯定还是有啥不妥。

唐桃十分纠结,盯着地面想了半天,总算分析出哪里不妥了。夏炽专业水平非常出色,也如他所说,自己是个初出茅庐的新人,要自己的设计品位配得上他的表演,是不是强人所难?

"我主要怕拖累你。这方面我确实没经验,进工作室后,我一共也没主导过几个项目。"

夏炽眸光轻轻闪烁:"唐桃,我看中的是你的潜力,是你对工作认真负责并且对我全力支持的精神。我说你能做到,你就能做到,犯错不要紧,我给你犯错的机会。"

唐桃嘴唇微动,抬头看他,夏炽的目光坚定而充满信任,让她心头一暖。

是啊,黎薇赶她走是早晚的事。能给夏炽这样的专业人士量身定制,对自己而言也是事业上的突破。

夏炽给足她时间思考,看她的双眼慢慢亮起来,重新握住她的手,轻声说:"唐桃,相信我,也相信你自己,好不好?"

"所以你们暗中勾结?"黎薇问。

"她是我受法律保护的经纪人,合同签了,公章盖了,何谈勾结?"夏炽冷冷地说。

唐桃赶紧将自己胸前的名牌亮了个相——夏炽工作室,经纪人,唐桃。

"恭喜了。"黎薇再也挂不住笑容,"没想到这种情况下你还厚颜留在工作室,是为了在这儿将我一军。"

"黎总,我对工作室有真感情,资料泄露的事情也不是我做的,你我心知肚明。"唐桃上前一步,和黎薇面对面,"我想问你,为什么针对我?为什么把资料发给腾龙,为什么利用大廖?"

黎薇瞳孔一缩:"你都知道了。"

"大廖说你指使她去找过夏炽,还私下给了他我的项链,挑拨我和夏炽的关系。"

黎薇一贯沉着,即使面对唐桃的质问也没有露出慌乱。她扫了面无表情的夏炽一眼,下巴往门外一扬,说:"跟我来。"

黑暗的走廊里,黎薇深深呼出一口气,闭上眼睛,像在聆听空气中的什么声音。她说:"如今我让你离开夏炽,你也不会听吧?"

唐桃摇头:"我不会离开夏炽。"

"即使我说,你的存在于他的发展没有任何好处,你还要如此坚持?"

唐桃满心疑虑。

时至今日,她依旧不愿相信黎薇是出于个人的嫉妒或愤恨,而设法让她离开夏炽身边。不管用什么手段,黎薇是个聪明又成熟的女人,这点毋庸置疑。

难道,是感情让人盲目?

黎薇低下头笑了:"你还真是个难对付的角色,从这点上讲,你确实不俗。"

黎薇继续淡淡地说:"我问过你,歌剧的起源,以及歌剧存在的意义。"

唐桃点头。

"我从三年前就开始留意夏炽,那时候,他真正开始在国内崭露头角,歌剧圈如一潭死水被搅动,封闭的空间里第一次吹进了新鲜的风。人分几种,庸人、人才、天才,夏炽是天才中的天才,他身上所背负的使命,和一般人本就是不同的。

"你或许是一个好员工、好女友,但对于注定为歌剧而生的夏炽而言,你绝不会是最好的伴侣。"

"所以你怂恿大廖去勾引他?失败后,又为了封住大廖的口,把大廖交给腾龙处理?"

"我和她做了交易,只要她能离间你们的感情,我就资助她去美国,让她和我弟弟再续前缘。可惜啊,她只试了一次,说夏炽的心一瞧就明白了,他心中只有你,不是其他人能靠近的。"黎薇像是在说什么可惜的事情似的,长叹口气,"他拥有圣人的才能,却又有一颗凡人的心。殊不知要登高望远,必须有所取舍,让我一生都作为

Chapter 09
暗恋 × 夜宴

一个经纪公司的老板辅佐他，我也心甘情愿。"

黎薇近乎偏执的语气让唐桃动容。不承想，这样有手腕、会赚钱又无比精明的黎薇，居然对歌剧抱有近乎虔诚的幻想。

唐桃心中不由得生出一股怒火："哪里有圣人？怎么会有圣人？普契尼，威尔第，韦伯，莫扎特，哪一个是圣人？罗密欧与朱丽叶，几百年爱情的俘虏；浮士德贪图享乐又懦弱迷茫，魔鬼贪婪地玩弄人心；哈姆雷特一生都致力于复仇……哪一个没有缺陷、没有感情、没有迷茫？夏炽是有才能，而他也是人，抛弃自己的心而一味追求技巧，那不是追求歌剧的'道'，只是一具唱歌的空壳。"

黎薇愣住了。唐桃神情激动，飞快地说："不管你喜不喜欢，如今我已经是夏炽的经纪人，他的未来，无论生活还是工作，自然由我负责。"

黎薇摇头："仅凭两个人的小船，如何驶过大海？"

"游也要游过去。"

寂静的走廊里，唐桃坚定的回答传出很远。黎薇意外地听见自己的心跳，一点点，越来越快，像沉眠在地底的种子终于萌芽，顶破上层覆盖着的坚硬霜雪。

可能，自己是老了。

习惯性用手腕、手段去解决问题，忘了夏炽那样的性情中人，终究还是要性情中人才般配。

自己，又何尝配得上夏炽？

"夏炽在这个时候让你亮相，怕是不打算参加决赛了吧。"黎薇疲惫地说，"是我使诈在先，歌剧院那边我来交代，你们走吧。"

"夏炽说，自立门户也要有资本，而在决赛中取胜，就是他最有力的资本。"唐桃挺直了肩膀，"黎总，我们合作吧，只以胜利为目的，此后我们两不相欠。"

"两不相欠怕是难了。"黎薇的目光投向化妆间，门缝里透出一丝光，庄重得仿佛预言，"若你真要辅助夏炽，这次决赛后咱们就是敌人了。对你，我绝不会留情。"

唐桃独自回到化妆间，夏炽正在喝她带来的咖啡，眼睛还盯着剧本。

"谈完了？"

"谈完了。"唐桃想了想，说，"我觉得她是真心喜欢你。虽然她不承认，甚至她自己都没意识到，但如果只是喜欢歌剧，她不至于有这么强的独占欲。"

夏炽不置可否，慢悠悠地说："我跟你讲过我舅爷爷没？"

"就是你那个爱棋成痴的舅爷爷？"

"没错，我父亲年少创业，赚到钱之后没少给家里帮助。我舅爷爷一生爱棋，有了经济支持就辞了工作，游山玩水拜访各地的棋艺大师，和他们学习切磋。爱到什么程度呢？他有一盘祖传的棋盘，棋面和棋子都是和田玉做的，有一次被邻居家的小孩搞丢了两枚棋子，他亲自去玉的产地比对玉质，硬是找到一模一样的一块玉，把那两枚棋子做好。前前后后，花了两年时间。"

"就为了两枚棋子？"唐桃咂舌。

"就为两枚棋子。"夏炽把咖啡搁在桌上，"黎薇也是痴，可惜她痴的不是物件，而是境界。如果天赋和造诣也可以拿在手里雕琢，想必她不会这么辛苦。"

唐桃也抓起一杯咖啡，摇头："我还是觉得没这么简单。"

"好了，唐大经纪人。"夏炽站起来优美地伸个懒腰，"拿好我的文件，我去'战斗'了。"

Chapter *10*
决赛 × 伙伴

福斯歌剧院，决赛当天。

唐桃活像孩子要去高考的家长，一大早起来准备了一根烤肠和两个煎蛋，感觉紧张得嗓子眼都紧了，连一滴水都咽不下去。

夏炽嫌弃地将烤肠和煎蛋拨到一边，就着黑咖啡吃了两片面包。唐桃说："多吃一点儿吧，估计要搞一上午。"

"我表演前不吃东西，免得肠胃出问题影响发挥。唐经纪人，以后要记住。"

"哦。"

"还有，我表演当天要穿指定的衣服，从领带到鞋子，我会提前一晚告诉你，要帮我准备好。"

"哦。"

"还有……"

"有完没完啊……说好的经纪人不是用人呢？"唐桃悲愤。

黎薇工作室的参赛项目是新编《浮士德》，在新编了一部分剧本的前提下，突出剧中"魔鬼"的感情变化。夏炽由于出色的外表，一直都担当着年轻、英俊的角色，这次决赛将夏炽演绎的"魔鬼"造型做出突破，弱化演员本身的特质，主要表现"魔鬼"的内心冲突。美术也配合整体的风格，运用了大量黑白对比和移动布景，和约翰逊先生的成名作做了呼应。

腾龙工作室则反其道而行，启用一名著名的女性芭蕾舞演员，参赛节目是《野天鹅》，布景极其华丽工巧。

黎薇的创意早已泄露，腾龙的表演却是唐桃当天去了才知道。她和小黄凑在一起讨论："肯定有阴谋！"

"不可能这么华丽，约翰逊先生最讨厌的就是陈词滥调。"

"不急。"唐桃想了想，"我们看到的只是布景，最关键的演员还没出现，演员怎么配合、怎么演也是可以创新的。"

"走吧，我等得嘴巴都干了，进去喝点儿水。"小黄说，"先开始的是咱们组，希望能一鸣惊人。"

保安拦住两人："请出示你们的证件。"

小黄掏出工作牌，保安看了一眼，说："你这是初赛和复赛的证件，决赛证件更新了，非歌唱家和负责人不可入内。"

Chapter 10
决赛×伙伴

"搞什么!我们是前两场比赛的主设计,哪有现在不让我们进去的道理!"

唐桃朝旁边看了眼,腾龙工作室的设计师们也围在一起,没人进去。于是拉拉小黄:"算了,现在我们一个被排挤,一个半离职,他拦我们正常。"

"可我想看啊,我都好奇死了!"

唐桃眼珠子一转,扫了看门人一眼,耳语:"我有办法。"

他们之前经常来福斯歌剧院,熟悉地形,唐桃记得外院的围墙有一扇小窗户,正好可以透过后台看见舞台的一角。

那窗户一米七高,小黄堪堪能看到,唐桃却有点儿矮。小黄很讲义气:"你踩着我的背上去,或者我抱你。"

"算了,窗户那么小,塞不下两颗头,你先看看开始了没?"

后台的门开着,从小黄的角度刚好能看见舞台上走动的工作人员,以及坐在席中被主办方请来的观众。忽然,灯光一暗,小黄喊:"开始了!"

小黄一连串激动地喊:"上来了上来了!夏炽上来了!"

"算了你给我转播吧。"唐桃的心咚咚直跳,"刚开始唱?感觉如何?"

决赛只允许一位表演者参加,半小时内不仅要展示演员自身的素质,还有造型、道具的配合度,以及灯光与舞台的效果。谁也不知道那位神秘的约翰逊先生究竟在乎哪部分,所以黎薇处处用心,力求将所有细节做到极致。

"转起来了转起来了!"小黄激动地喊。

舞台上的布景是一面可以转动的巨大圆形,随着剧情的推进,原来黑色的挂景随着轮盘转动,将另一半白色的轻纱显现于观众面前,灯光也随着剧情变换。而之前一直侧面对着观众的夏炽,也跟随布景转身,他两边的脸呈现不同的颜色,哪一面对着观众,就表现着"魔鬼"怎样的内心。

小黄目不转睛,连呼吸都忘了。唐桃催促:"怎么样怎么样?"

"真的很好,我本以为黎薇的方案过于简单,还在心里吐槽过,现在看,黎总是按照夏炽的表演来设计的。夏炽的歌喉感染力极强,所以舞台着重配合演员本身,突出表现力量感,黑与白,方与圆,都是简单却有冲击力的元素。"

唐桃紧张地问:"那观众呢?你看见约翰逊先生没?"

小黄摇头,屏息凝神,唐桃看见他的神态,再着急也不好意思插话了。

半个小时过得比想象中还要快,小黄吐出一口长气:"结束了。腾龙在准备,估计马上开始。"

小黄执意要让唐桃看下半场,从歌剧院里偷了把小椅子,唐桃踩在上面,脑袋正好能搁在小窗上。

腾龙作为能与黎薇工作室齐名的公司,实力自然不俗,那些花里胡哨的背景只是装饰,他们居然没让芭蕾舞演员露面,半个小时里都在表现芭蕾舞演员的影子,那灯光投出的倒影在布幔之间辗转腾挪,比实体多了几分婀娜神秘。

"我就知道他们不简单!"小黄说。

唐桃点点头,随着表演心潮澎湃。

一个小时后,福斯剧院的决赛十分平淡地尘埃落定,大家都表现稳定,也没发生任何舞台事故。唐桃和小黄都是一脑门子汗,她问:"花落谁家?"

"难说,都好。"

两个人进入大厅,和腾龙的工作人员站在一起。腾龙的人都没看表演,用揣测的目光打量着神色紧张的二人。

歌剧厅内大概在开会,唐桃等了很久,也没等到夏炽的消息。

"紧张吗?"

"当然紧张啦,夏炽说这次胜利是我们单干的开门红,要失败了,以后接不到活儿怎么办?"

"不可能,我对'夏男神'有信心。"

唐桃忍不住笑:"那对我呢?"

"也有信心。"

唐桃来工作室将近半年,小黄始终以诚相待,两个人又一起做过项目,感情十分好。她于是问:"你以后呢?还留在黎总这儿吗?"

小黄才张嘴,对上唐桃的眼神,忽然明白她想问什么,愣住了。

"哪位是唐桃?"一位工作人员朝这边招手,"夏炽的经纪人,麻烦过来一下。"

唐桃立刻说:"我先过去,一会儿再聊。"

歌剧院二楼有间会议室,工作人员把她领进去,对一位白发苍苍的老人点点头:"人带来了。"

"这就是你的经纪人?"约翰逊先生的视线落在夏炽脸上,"请她进来吧。"

唐桃在门口鞠了个躬,在夏炽眼神的示意下走到他身边,惊奇地打量着这个传说

Chapter 10
决赛 × 伙伴

中桀骜不驯又才华横溢的约翰逊先生。真奇怪,他看起来和欧洲随处可见的老人一样,花白的胡子打理得很整齐,穿一件白衬衫,老派的格子马夹,一条加厚的黑裤子。桌上搁了支烟斗,看样子用得年头很久了,包上一层油亮的浆。

唐桃环顾四周,发现会议室里只有他们三个人,连黎薇都不在。她半途进来,不知道两个人聊到什么程度,更不清楚比赛结果,心里十分不安。

察觉到她的紧张,夏炽看她一眼,从背后握住她的手。

掌心的温度让唐桃心头一暖。

是,他们现在是一体的,是歌唱家与经纪人,从此,他们就是真正意义上的命运共同体。

唐桃蓦然生出一股使命感,站得更直了,认真地旁听二人的谈话。

两个人又聊了一会儿,约翰逊先生拿起烟斗抽了口,才发现烟丝已经燃尽。夏炽十分知趣地说:"那我们先告辞了。"

"嗯。夏先生,你很有趣,我们还会再见面的。"

夏炽也点点头,竟然不再攀谈,直接拉着唐桃的手走了出去。两个人穿过长长的走廊,唐桃满头雾水:"这就完了?比赛呢?合作呢?"

"他没看比赛,从头到尾,他都没走出那个房间。"

唐桃脚下停住:"什么?"

"他的烟瘾很大,几乎是烟不离手,抽完一斗差不多四十分钟,歌剧厅禁烟,我猜他根本没走出房间。"

"不可能吧?难道抽烟比决赛重要?"

"所以他才要见我,不出意外,他还要见在我之后表演的那位芭蕾舞演员。你来之前,他只问了我三个问题——今天天气如何;在舞台上的表现如何;观众席上有几个观众。"

唐桃这才品出了一丝高人的意味,好奇地问:"你怎么答的?"

"不错,很好,不知道。"夏炽语气轻快。

……

"问今天天气,是问我对身边事物的观察;问舞台上的表现,是看我是否对自己的实力有信心;至于观众有几个,我确实不知道,表演途中哪有那个闲心。"

唐桃肃然起敬:"原来如此!"

"我还有必杀招。"夏炽坏笑地眨眨眼,"约翰逊先生的妻子早年去世,一直是

他的心头之憾，他看我们这么恩爱，好感度自然会高。"

唐桃的脸猛然变色："好贼啊你！"

夏炽摇摇头："生存之道。"

说这句话时，他眸色深沉，因为长时间工作而略带沙哑的嗓音在走廊中传出很远，显得极有分量。唐桃神色一凛，蓦地对他生出一丝心疼，那么早就深入社会独自打拼，总要掌握一些为人处世的窍门。

哪怕他是夏家大公子，家中财力雄厚，也没为他的歌剧事业出过什么力。

这么多年，他一直孤身奋斗。

一股莫名的力量从心底生出，唐桃说："这些事情，以后都交给我。"

夏炽微笑："都听你的，唐经纪人。"

一周后，唐桃去黎薇工作室办离职手续。

她的个人物品小黄已经悉数整理好，整整齐齐地放在黄色的纸箱里，中间还插了一束粉红色的玫瑰，十分好看。小黄害羞地摸摸脑袋："你辞职，我不知道该送什么，不过总归是前途无量，就祝你前程似锦吧。"

唐桃十分感动："谢谢！"

小满一贯来得晚，这天不知为什么也在公司，用十分夸张的动作背对着唐桃敲键盘。唐桃心里感到好笑，顺势问："小满，我要走啦，你没话跟我说？"

小满"哼"了一声，敲打键盘的手指更用力。

"我有礼物给你。"唐桃从包里掏出一支镶嵌着施华洛世奇水晶的钢笔，"你不是老丢笔吗，送你一支好看的，别再丢了。"

小满的手这才停下。她转身，眼眶竟微微发红："你真走啊？"

"真的啊！"

"那你和黎总……"小满咬咬嘴唇，看着她，"我明年春天要结婚了，你一定来！"

"好，我答应你。"

唐桃和小黄、小满依依惜别，也将提前准备好的礼物——一副耳机送给小黄。唐桃问："我上次问你的事情，考虑好了吗？"

唐桃和小黄合作无间，想挖他来和自己一起给夏炽干活。

谁知小黄岔开话题："恭喜你啦，夏炽赢了决赛，以后的项目肯定蜂拥而至。我

Chapter 10
决赛×伙伴

呢，就继续蹲在这间工作室，跟黎总偷师啦。"小黄接过耳机，"谢啦。"

大家都混迹职场，心照不宣。

唐桃笑："以后可别输给我啊。"

唐桃又去财务室办了手续，领了当月奖金，黎薇倒没克扣她，给钱十分大方。唐桃受之无愧，心安理得地收下，抱着纸箱走到大厅，环顾这待了四个多月的公司。

作为小新人入职那天的雀跃似乎还在昨天，而今她走出这扇大门，却已经开启了完全不同的人生。

她不慌张。

既然有机会乘风而起，又何必寄人篱下？

唐桃深吸口气，抬头挺胸往门口走。

黎薇靠在大门外，看见她出来，直起身体："走了？"

"嗯。"

"之后有计划吗？"

"暂时还没，我要先熟悉一下夏炽的业务，毕竟我对歌剧方面没太多关注，该学的还要学。"

黎薇点点头。她只站在那里，纤细的身体犹如一只名匠雕琢的花瓶，曲线十分漂亮，身材好得令人羡慕。

哪怕再势不两立，唐桃的视线依旧轻易被她吸引。

黎薇走过来，扬起手上厚厚一本资料，往唐桃怀中的箱子里一放："这是我这些年总结的有关夏炽的资料，怕是以后用不着了，你看着处理，扔掉也行。"

唐桃点点头。

"还有，感谢你请来夏炽，为我们工作室拿下了三年和福斯剧院合作的合同。"

"钱我收到了。"唐桃笑笑，对她微微点头，认真地说，"我走了，黎总。"

夏炽在公司门口等她，背靠着车门，眼睛望着天空。

背后是刚刚忙碌起来的都市，随着喧嚣声渐起，城市在一点点苏醒。

冬天的清晨，天气晴好，夏炽挺拔的侧颜被光线勾勒出美妙的弧度，一呼一吸间，优美如艺术品。

再快一点儿，再慢一点儿，再冷一些，再热一些，似乎都会打破此刻他与眼前美景的平衡。

唐桃将箱子放在前车盖上，绕至夏炽身后，双手用力将他的腰环住。

夏炽嘴角挂着一丝笑，阖上双眸。

"手续办完了？"

"嗯。"

"伤心？"

"遗憾吧，毕竟是我曾经最想来的公司。"

手背上一暖，夏炽慢慢握住她的手，说："以后会更好，我向你保证。"

唐桃将脸贴在他的后背上，心里暖暖的，点头。

至此，唐桃作为夏炽的专属经纪人，迎来了一段全新的人生。

为了尽快胜任，夏炽亲力亲为，为她拟定了几项任务：

1.注册一家工作室，办公场地暂定她家，添置一些新家具，包括夏炽原先住所的那架钢琴。

2.浏览所有著名歌剧选段，分析其成为经典的理由及对后世的影响，先从夏炽演唱过的开始看。

3.熟记夏炽至今合作过的所有歌剧院、导演及团队，加所有人的微信并介绍自己。

后面还有4，5，6，7。唐桃眼前一黑。

"有不懂的问我。"半人高的资料摔在桌上，夏炽抱着双臂站在她面前，"从今天起你不用交房租了，这间房子我买下来了。"

"你……买……"唐桃傻眼。

整整一下午，唐桃埋首书海，花了三个小时才初步排出计划表，夏炽倒好，往沙发上一躺，就着窗外的光线看报纸，看到一半还睡着了。

唐桃恨不得给他的睡脸一巴掌，碍于提成无法下手。她从卧室拿了一条毯子，轻手轻脚地盖在他身上。

这时，淳子打来电话。

"姐，马上来本家一趟。"淳子声音焦急，"你爸给奶奶跪下了！"

唐桃连衣服都来不及换，顶着一头乱发冲到家里。

隔着老远，看见家中的三个工人聚在花园交头接耳。

Chapter 10
决赛 × 伙伴

"怎么回事?"

"唐小姐您来了,家主在里面跪着呢!"

家主真是不得人心,说到下跪,人人都是一副看好戏的神情。唐桃用脚指头想都知道是为了AMOUR的事情,甚至想晚一点儿进去,让他多跪一会儿。

当然了,想归想,做归做。

小楼中静可闻针,奶奶的白猫儿无声地从走廊穿过,路过唐桃时,用那双静谧而神秘的眸子盯着她。

"奶奶!"

"囡囡来了?"老太太坐在长案后面,脖子上裹着一条狐裘,伸出手,"过来坐。"

唐桃第二眼看见跪在茶几前的父亲,只穿了件薄衬衫,打着领带,笔直笔直地跪在案前。唐桃缩手缩脚地走过去,看了一圈没见着淳子,老太太说:"别找了,她去倒茶了。"

自己的父亲在旁边跪着,唐桃坐不能坐,跪不能跪,以一个憋屈的姿势一条腿垫在身前,活像古代武士给君王表忠心。老太太无奈:"你坐啊。"

"奶奶叫你坐你就坐下。"藤本直树说。

"我没让你说话!"老太太眼一瞪。

藤本直树好整以暇地又低下头。要论谁处于柳原社"食物链"的顶端,还属这位"老佛爷"。

三代同堂,谁都不先开口。明明大冬天的,唐桃背上湿了一片。

老太太伸手要拿茶杯,想起淳子去泡茶了,又缩回手,目光落在藤本直树头顶,说:"当着你女儿的面,把对我说的话再说一遍。"

"我决定在法国发展柳原社国际店,团队我已经谈好了,合同也签了。"

唐桃的目光立刻扫向案上的文件,刚进门她就注意到了,厚厚一大沓。从法国回来后,唐桃一直没有问过淳子的决定,不愿意影响她的判断,看来,她成功说服了Chloe。

老太太苍老的嘴唇抖动起来,她忽然激动地抓起那堆文件,扬在空中,一字一顿地说:"你可还记得,这丫头母亲去世时,你在墓前发的誓?"

唐桃猛地看向父亲。

藤本直树仰起头,脸色平静:"当然,我答应她,要尽全力保护柳原社,不让我

们的心血付诸东流。"

"你年轻的时候要去日本做糕点，我依了你。前些年，你说柳原社要改革，请秦老头出山掌眼，我也依了你。现在，你竟然要把手伸向那么远的法国，投入柳原社将近一半的资本，你想想，万一失败，你有何颜面去见丫头的母亲？"

"所以我才要分家，哪怕失败了，至少能保全现在的柳原社。"

"放肆！家是你说分就分的？我告诉你，你现在的一切不是个人的心血，是所有人的心血！是我，是秦老头，是淳子，是这丫头，所有人的！"老太太从没发过这么大的火，"你自己好好想想！"

唐桃还停留在奶奶提到母亲的震惊中，回不过神来。

"妈，水能载舟亦能覆舟，柳原社现在看是没问题，五年后，十年后，等我们的脚步跟不上时代，再想出路就晚了。"藤本直树诚恳地说。

"你是想毁了这个家。"

"我是想保护这个家。"

老太太眼中蓦然生出一股疲惫，身体后仰靠在榻上，用手指用力揉着眉心。

"囡囡，你说说，这事到底怎么办？"

一时间，奶奶、藤本直树，甚至走廊上的那只猫，一齐看向她。

藤本直树的眼神深邃平静，目不转睛地望着自己唯一的女儿。

唐桃避开他的视线，上前拉住奶奶的手："奶奶，别气坏了身子，父亲应该有他的道理。"

她特意用了"父亲"，而不是"家主"。

老太太吃惊："你竟然帮他说话？"

"奶奶，为了躲避仇家，我作为一个孤儿，在外面独自生活了十几年。我和柳原社接触后，父亲也一直隐瞒我的身份，只让我在柳原堂做一个打工小妹。再后来，为了除掉李二，我被设计绑架深入虎穴，他怎么也没有爱护我、珍惜我的样子。"

这番话怎么也不像是"帮他说话"——藤本直树苦笑。

"可事实上，在作为孤儿生活的那些年，每当我有困难，总能获得意外的帮助；来到柳原堂之后，我不知道自己的身份，大家却都对我很好；被绑架，我是吃了些苦头，但揪出李二，从此我做回了名正言顺的柳原家人，再也没有后顾之忧。"

唐桃这番话说得恳切，奶奶想着她这些年的遭遇，眼眶慢慢红了。

"囡囡，你来。"她伸手揽过唐桃，"告诉奶奶，你到底想说什么？"

Chapter 10
决赛 × 伙伴

"父亲从来最在乎大局,他并不计较眼前须臾的得失,哪怕我们会不理解,会因此怨恨他。"唐桃的目光与藤本直树相对,仿佛两颗恒星的碰撞,"商业上我不懂,但如果他坚持认为发展海外对柳原社有帮助,我愿意相信他。"

屋里一时又静下去。

老太太沉默着,眼中闪过深思。

藤本直树目光炯炯,因为岁月而显得坚毅的脸上掠过一抹笑。

他点头,十分骄傲地说:"不愧是我的女儿。"

唐桃从走廊里出来,正巧看见等在门口的淳子。

她手上端着托盘,茶已经放凉了,不知道在外面站了多久。

"谈完了?"

"谈完了,我能说的都说了,还要看奶奶的意思。"

淳子点点头:"最坏的结果,如果柳原社分家,我打算陪奶奶一起留在国内,继续经营柳原社在国内的业务。"

"家主虽然不近人情,但在事业上的判断总是对的,去了法国一趟我也不得不服,AMOUR是我们目前财力状况下最好的选择。"淳子苦笑,"我可矛盾了,拿来合同,就好像亲手毁了这个家一样。"

唐桃从她手中接过托盘,安慰:"你是大功臣。"

"希望分家时你和奶奶还能这么想。"淳子吐吐舌头,活动一下僵硬的胳膊,"哎呀!累死我了,我可得给自己放个长假,伺候'小公主'的活真不是人干的。"

唐桃这才想起,上次淳子打电话哭,约莫就在和Chloe签合同前后。她很想问淳子是不是受了委屈,转念又想,这个妹妹远比自己聪明能干,如果是她不想说的事情,估计也问不出来。

"淳子,你不愿意做的事情就别勉强,个人的能力毕竟有限。"唐桃隐晦地暗示,"你还没继任家主,不该自己背的责任,不要一个劲儿往身上揽。"

"知道啦,姐!"淳子用力一拍她的后背,"你赶紧把茶端进去吧,我就不蹚这潭浑水了,奶奶你哄着,回头我请你吃饭。"

晚上回到家——哦不,现在是工作室了——唐桃还在琢磨这件事。

夏炽嘴里咬着一根唐桃用鲜榨果汁冻的雪糕,用余光瞄她一眼,轻手轻脚地绕至

身后，轻轻敲敲她的头："专心学习，别乱想心事。"

唐桃伸手在空中一捞，示意他也给自己拿一根，嘴里说："现在想想，淳子真的蛮奇怪的。"

"怎么？"

"她现在也不小了，长得漂亮性格又好，大学里好多人都追她，而她居然一直没谈恋爱！"

夏炽没吭声，神情中充满不屑。

"我今天就想，她是不是有喜欢的人了？虽然她从来没提过。"

夏炽对这种女生的八卦毫无兴趣，坐回沙发上翻看资料。唐桃干脆彻底丢下笔，盘腿坐在椅子上，叼着冰棍望天。

"她学业忙，家里事务繁重，没时间去接触太多外人。我看，她的心上人我一定认识，说不定还在身边。"唐桃眼珠子滴溜溜直转，"她之前在国外的朋友也不怎么联系，国内的话……就只有岚组了……"

忽然，正埋首文件的夏炽头顶的光线被挡住。他抬头，就见唐桃一脸见鬼的表情，双手叉腰，神情愤慨："我知道了！是夏姜！"

夏炽差点儿把冰棍喷出来。

"你别乱说。"

"真的，淳子感情一片空白，但上次和夏姜一起郊外出游，我看她就不对得很，也没和夏姜说几句话，可能是不好意思。"唐桃焦躁地来回踱了两步，大声说，"不行，我反对，我不同意。"

夏炽拿笔在文件上写写画画："为何？"

"夏姜那家伙太坏了，谁都摸不清他在想什么，淳子肯定要受欺负。"

"你这个做姐姐的，倒还没我看得清楚。"夏炽无奈，"柳原淳子多滑头，她可比你厉害多了，哪会被夏姜欺负。况且……"

况且夏姜心中已经有人了。

夏炽料她也不会懂，干脆不说破。

"不是夏姜会是谁？"唐桃愁眉苦脸，"我总觉得一定有这么个人。"

夏炽的视线从文件上抬起，落在穿着睡衣、叼着冰棍的唐桃身上，她周身一圈暖融融的黄光，盘起来的头发有些凌乱，没上妆的眉眼看上去十分稚嫩。他和唐桃少年相遇，跌跌撞撞终于走到今天，除了两情相悦，何尝不是一种幸运。

Chapter 10
决赛 × 伙伴

又有多少人，在车水马龙的城市中流离失所，难求所爱。

"或许是某个求而不得的人吧，她不想说，你也别问。"

夏炽顿了顿，捏住她无名指上的戒指："不早了，早点儿休息吧。"

之后几天，唐桃跟随夏炽拜访了之前打过招呼的导演和公司，正式介绍新成立的"夏炽歌剧工作室"。

她早就知道夏炽是工作狂，如今零距离全天候亲密直击，才发现之前的疯狂不过是冰山一角。夏炽就算自立门户，对于合作过的公司来说依旧是争相巴结的对象，每到一个公司必会被请吃饭，在下午三四点这样尴尬的时间段又要被请喝下午茶，还不许拒绝。

夏炽很厌烦这种没有生产力又浪费时间的应酬，不咸不淡地抱着双臂一坐，接下来的寒暄都得唐桃来。

"唐小姐是夏先生的未婚妻？"

"是是，现在也是他的经纪人。"

"哎呀，唐小姐能力强，情商高，长得又这么漂亮，夏先生真有福气！"

"您过奖了，我哪有什么能力，以后还请李总多关照。"

"哎哟哎哟，不敢当，哪是我照顾你们，是你们要时常想着我啊。来，既然夏先生不喝酒，那就多吃菜吧，这个鸡汤鲍鱼十分新鲜，鱼翅羹也很好吃的。"

夏炽用一个眼神传达了自己不饿。唐桃只好赔笑，把他那一盅也端过来吃两口。

一桌桌好菜流水一样过，唐桃心疼吃不完的山珍海味，帮夏炽吃菜也吃得非常努力。几天应酬下来，她的脸像吹气球一样圆了一圈，却依旧被各个老总和经理们称赞为"拳打港姐，脚踢超模"的美人。

"这几天吃得可真累啊！"唐桃虚弱地趴在桌上。

"习惯就好了。以后我唱白脸，你唱红脸，咱们夫妻搭配，干活不累。"

唐桃摸着肚子，心想真是亏啊，这年头减肥可比长胖费钱……

这时候唐桃的手机响了，是陌生号码，她最近可不敢错过电话，万一又是哪个老总呢？

"你好，我是唐桃。"

"唐桃，我是月城田，太好了，我还怕你不用这个号码了呢！"熟悉而温婉的声音从话筒中传出，"我和越七要结婚啦！我们刚到国内，一下飞机就告诉你了！"

唐桃惊喜极了：“恭喜恭喜！”

月城姐妹和越七高中毕业后就去了日本，算起来，几人也四年多没见了。月城田和越七感情发展顺利，没想到已经修成正果。

唐桃问：“你们在哪边办婚礼啊？”

"我们两边都有亲友，打算在国内和日本各办一场，国内就简单点儿，只招待朋友，过两天正式给你们发邀请函。我听说你和夏炽也订婚了，打算什么时候结婚？"

唐桃十分不好意思："还没定，再过两年吧，我还想自由一点儿呢。"

月城田在电话那头笑："好呀，那我等你们的好消息，你刚毕业吧，现在在做什么？"

唐桃把学习舞美和独立做工作室的事情说了，两个人打开话匣子，一时间竟有聊不完的话题。虽然高中毕业后，同学们天各一方，但所有人对红石、对岚组都有特殊的情愫，多年未见依旧亲如一家。

唐桃打开手机免提，让夏炽也能听见。

"这次莫明雪和陆长歌也在国内，不出意外我们能聚齐了。"

"是啊，太好了！"那头静了静，月城田说，"唐桃，你刚才说离职了，在准备接项目？"

"嗯，刚开始，还没什么头绪。"

"如果你不忙，我想，我在国内的婚礼你能否出出主意？时间仓促，我们本打算完全按照酒店的来，但既然你专业搞策划，我想听听你的意见。"

"包在我身上！"唐桃立刻拍胸脯，忽然想到现在自己和夏炽绑定了，又看夏炽一眼。

眼神楚楚可怜。

夏炽点点头，轻声说："放手做吧。"

"对了，这周你哪天有空，我想和越七一起去给真夜老师扫个墓，这几年他的忌日我都回不来，想着这次补上。"月城田说。

唐桃点点头："哪天都行，你决定吧。"

Chapter *11*
婚礼 × 铃兰

一个月后。

清晨,天上开始飘起小雪。唐桃六点钟就爬起来洗漱,着急赶去逸云酒店确认婚礼事宜。

她叼着面包换衣服梳头,夏炽也起来了,正端着咖啡坐在餐厅里看报。他瞥了眼唐桃放在桌上的来宾表,说:"来的人不多啊。"

"一共五桌,五十个人吧,这次他们的父母都不来,除了岚组的同学外,其他四桌都是他们在国内商业合作伙伴的儿女。唉,结婚还要考虑关系,做生意真不容易。"

夏炽抿口咖啡:"你倒是尽心尽力。"

"可不,田是我们中间第一个结婚的,又来国内办,能帮的我当然要帮。再说了,她还硬要给我一笔咨询费,我推不掉,更要尽心。"

"袜子塞裤子里了。"他出言提醒。

唐桃赶紧揪出袜子,另一只手推开门,转头说:"你的请帖我放桌上了。我先过去,晚上尽量早来啊!"

这场婚礼的规格很高,仪式在酒店风景最好的"鸾凤厅"举行,从窗外能看见整个×市最高的山,山顶还未积雪,蒙着一丝薄薄的苍蓝色。

唐桃从日本空运了许多鲜花,订做了一个巨大的花型拱门,又在舞台上设计了抽象的山水背景,将新娘的家族历史也融合到布景之中。礼堂四周布置了插满白玫瑰的花瓶,白色和透明的气球点缀其中,整个婚礼现场朦胧又梦幻。

在国内办的这场婚礼主要针对年轻朋友,餐饮延用了西方的冷餐自助式,两条长桌上摆放着漂亮的银色瓷盘,最中间是五层蛋糕塔,出自柳原社刚成立的西点部。饮料区也安排了月城家自产的茶饮,由红石学园茶道部的同学来帮忙,进行沏茶展示。

场地道具都提前布置好了,饮食将在今天下午陆续送到现场。唐桃和酒店经理确认了婚礼步骤,又亲力亲为地检查过灯光和音效,一个上午很快过去。

中午吃过简餐,唐桃前往酒店十六层,去看看正在准备中的新娘。门开了,月城叶的脸从里面冒出来,看见唐桃身上的羽绒服牛仔裤,吐槽:"你也太随便了!"

"你还有脸说我!"唐桃反击回去。

屋里的暖气很足,月城叶只穿了T恤和短裤,脚上踩着一双拖鞋,像去度假似的。月城叶把唐桃拉进来,赶紧把她身上的羽绒服扒了:"不热啊,穿这么多。"

Chapter 11
婚礼 × 铃兰

唐桃好奇地往里望，一面大化妆镜挡住了视线，两个造型师正在镜子后忙碌。月城田端坐在椅子上，闭着眼，任由化妆师在脸上折腾。

"像不像案板上的小白鼠？"月城叶偷笑。

月城田睁不开眼，脸转向唐桃的方向："你来啦！早就让你上来，经理都跟我确认过了，会场没问题的。"

"再检查一遍我才放心。"唐桃靠在桌边，打量着月城田精致温柔的眉眼，感慨，"你俩长得这么像，真是一个天一个地。"

"你什么意思？"月城叶狠狠掐了她一把。

酒店房间是个大套间，豪华又宽敞。主卧室里挂着新娘的礼服，西式白婚纱，按照月城田的身材定制，简约又美丽，右胸上别着一支钻石的铃兰胸针。

"走，试试婚纱去，我刚试过了，比田还美。"

"这不行，婚纱只有新娘能穿。"

"你去吧，婚纱刚送来叶就穿过了，还拍了好多张照片，一会儿给你看。"月城田笑着说。

唐桃实在不好意思，推三阻四，月城叶只好给她看照片——一会儿拎着裙摆露出整条大腿做性感状，一会儿又是对着镜头笑成小清新状。

闹了片刻，月城田的妆化得差不多了。她从椅子上站起来，一手一个，将妹妹和唐桃拉到化妆台："该你俩了。"

"我也要画？"唐桃惊讶。

"当然了，晚上咱俩一起在会场帮忙，礼服可漂亮了，我亲自选的。"月城叶傲娇地说。

这些年，无论是学校的表演还是毕业舞会，唐桃虽然做过不少漂亮造型，但妆容这部分一直很将就，自己的水平也十分寒碜。这两位化妆师是花大价钱请来的，摆在桌上的工具连起来有两米长，唐桃眼看自己的脸一点点惊艳起来，心中油然而生想要拜师学艺的冲动。

化完妆，唐桃和月城叶换上浅蓝色的小礼服，礼服的薄裙外面缀着轻纱，很衬雪白的肤色。唐桃看着镜子里的自己，恨不得连续拍十七八张照片。

"唐桃，这个给你，别人的都放在桌上了，我怕你晚上没时间看。"

月城田将一个纸盒交到唐桃手上，比首饰盒大不了多少，四周用细细的竹篱围了一圈做装饰，顶部扎着墨绿色的蝴蝶结。打开盒子，以香草为底，上面放置着十个茶

包，几颗糖果，以及绘制着"L"形徽章纹路的茶道杯。

"这只茶杯是我找日本陶艺大师定做的，每个岚组的人都有。"月城田感慨地说，"高中毕业那么多年了，现在想想，还是真夜老师在的那几年最快乐。"

唐桃用大拇指抚摸着那个熟悉的"L"形标志，往日的画面在心头呼啸而过，心脏微微揪起："可不是吗，没有他在，总觉得心里缺了点儿什么。"

下午四点，雪势渐起，玻璃窗外的雪洋洋洒洒，美丽非常。

唐桃和淳子打扮好了，踩着高跟鞋确认喜宴上的食物酒水，也提前和来表演茶道的小学妹见了面。小学妹扎着两个辫子，长得十分可爱，一见面就拽住唐桃的手："你就是那个传奇学姐？我早就想见你了！"

唐桃很不好意思："我哪有什么传奇的。"

"传奇啊，广为流传，我们岚组的人都以你为榜样呢！拳打嘤嘤怪，脚踢高富帅，最后还和夏学园长的儿子订婚了，人生赢家啊！"

月城叶插嘴："你这个唐学姐学习还好呢，年年红石前三，你怎么不说？"

小学妹煞有介事地摇头："学姐，什么时候回去给我们办个讲座，同学都想见你！"

唐桃和月城叶对视一眼——后生可畏啊。

下午五点，月城田穿着婚纱款款从楼梯间走出来，越七和伴郎见状，急匆匆地走过去，与月城田一对视，整个头从脖子红到头顶。

唐桃和月城叶在旁边偷笑。

越七红着脸，拉着月城田的手向大厅走去。

下午五点半，一对新人站在大厅里迎宾，窗外的雪越下越大，渐有铺天盖地之势。果然，大部分人都在路上堵住了，离得最近的阿娜妮第一个到，蹦蹦跳跳地带着两个人走过来："我带了十瓶红酒，我爸给我挑的，说最适合婚礼。"

"你有心了。"月城田微笑，"快进去坐，饿了让叶给你弄点儿东西先吃。"

"还是你了解我。"阿娜妮大笑。

四年不见，阿娜妮个子蹿得很高，不过整个人依旧瘦瘦的，眉眼间一股顽皮劲儿。过了一会儿，常清和夏姜也到了，常清还是那副沉默寡言的样子，穿了套比较正式的西装，夏姜就很时尚了，从头到脚跟街拍模特似的，把月城田吓了一跳。

"夏姜，你在读博吧，在学校里也穿这么花哨啊？"

Chapter 11
婚礼 × 铃兰

"当然不了，我天天衬衫白大褂的，物极必反，出来当然要打扮。"

岚组的成员出手都很大方，除礼金之外，常清还送了一架无人机给越七，夏姜则送了一套高级珠宝，月城田很喜欢，当场就戴上了。

唐桃赶紧安慰自己，穷虽穷，但她付出了时间精力，也算一份心意不是？

夏姜视线投来，唐桃整个人一抖，不知为何开始不争气地心虚。夏姜慢条斯理地走过来，从口袋里掏出同样品牌的首饰盒："这个送给你，上次给我办生日宴，我还没谢你呢。"

"这么好？"唐桃惊喜。

"看来我哥平时对你也不怎么样啊，一条手链高兴成这样。"

唐桃立刻收了笑——真是给点儿阳光就灿烂。

之后又陆续到了几个年轻人，穿得都很漂亮，和月城田关系也很亲密。唐桃领他们进去，其中一个穿着高定礼服的女生在厅堂里扫了一圈，问："前面那桌是谁坐的？我和田认识十几年，关系这么好，这次婚礼又不来长辈，为什么不让我坐主桌？"

"别闹，让人笑话。"男伴拉了她一下。

"我不嘛，我和田关系那么好，太不够意思了。"

"座位是田亲自排的，主桌上坐的是岚组的人，大家都是高中同学。"唐桃解释道。

"岚组？岚组凭什么坐主桌啊？"

唐桃不想和她多说，又看了月城田的背影一眼，心中有些感动——对外人而言，可能很难理解他们岚组的感情吧。

不一会儿，莫明雪和陆长歌结伴而来。莫明雪穿了一条红色的晚礼服，陆长歌眉目英挺，两个人站在一起十分般配，吸引了很多人的注意。

莫明雪脸色却不太好，说："你什么时候忙完，我有槽和你吐。"

唐桃和她身后的陆长歌对视一眼，说："一会儿吧，等我把这儿忙完。"

因大雪的影响，本来六点的晚宴七点才正式开始。唐桃数了一圈人，就剩淳子和夏炽没来了。

夏炽今天要和约翰逊先生开会，说了会晚到，唐桃于是给淳子打电话。

"姐，我们堵路上呢，半小时没动了，说前面有事故，急死我了。"

"你别急,客人刚到,你一小时内来,还赶得及吃饭。"

"我想观礼啊!"

唐桃瞥了一眼窗外,雪大得连庭院中的树木都看不真切。她嘱咐几句,回到厅内。婚礼即将开始,西装革履的司仪走上前,用几个笑话活跃场上气氛。

大家都是年轻人,心思活络,已经有人开起了司仪的玩笑,一时间笑声不断。

"唐桃,快过来!"身为伴娘的月城叶朝她招手。

唐桃赶紧跑过去站好,花型拱门后面,高大帅气的越七已经原地待命,看起来十分紧张。

"田这是嫁了个'木头',一点儿趣都没有,以后有她受的呢。"

"你别乱讲。"

月城叶翻个白眼:"你看着吧,人家新郎致辞都很感人的,我就不信越七能说出花儿来。"

唐桃用气声说:"赶紧闭嘴吧!"

就在司仪笑容满面,抬手将新郎请到前台时,舞台的灯光忽然灭了。紧接着,大厅、走廊的灯相继熄灭,窗外的街灯也灭了,一时间,只剩下窗外大雪无声飘落。

人群一片哗然,大家都骚动起来。唐桃反应最快,当即打开手机走出宴会厅,拦住经理一问——酒店停电了。

不光酒店,大雪压垮了电线,周围都陷入黑暗。

唐桃赶紧让月城叶控制一下现场,自己跑去和经理交涉,面对今年最高级的一批顾客,经理压力也很大。他一脸抱歉地说:"唐小姐,实在对不住,维修现场说最少两个小时才能修好,实在不是我这儿能解决的。要不,我免费给您安置一下宾客的房间,等来电了再重办一场?婚礼还不算开始,现在解释一下,大家应该都能接受。"

唐桃心急如焚,又跑去和在新娘房等待的月城田商量。酒店人员已经搬了几盏应急灯过来,月城田穿着婚纱,坐在一片熹微的暖黄色灯光里,表情十分恬静。

看见她的瞬间,唐桃忽然噤声了。大喜日子,新娘子都这么沉着,自己这个总策划可不能乱了阵脚。

"经理想让我们推迟重办,你怎么看?"

"我刚才听着你们的笑声,觉得做新娘真委屈,我也想赶快加入你们,我也想赶快见到越七。"

唐桃笑了:"你放心吧,还好这场婚礼的来宾都是年轻人,不娇贵,要不我们组

Chapter 11
婚礼 × 铃兰

织点儿其他的活动？反正今夜大雪，他们没法开车回去，不如玩个通宵。"

月城田感激地微笑，却不应声，只问："唐桃，我记得我和你喝咖啡时，你跟我说过一个实习项目，也是策划一场婚礼，是在室外举行的？"

唐桃看见月城田灼灼的视线，忽然明白过来："你是想……"

"对。你看，能不能试试看？"

在经理和宾客们的帮助下，大家你一个盘子，我一把椅子，很快把所有东西都搬到了一楼咖啡厅的门口。一楼已经提前做好准备，将花型拱门和全部能移动的花卉点缀在餐桌和吧台间，本就装潢精致的咖啡厅犹如花草的仙境。

月城叶指挥转移蛋糕和茶道布景，唐桃和几个服务生一起拉起塑料布，将原本属于咖啡厅外露天餐桌的部分也围起来，放上可以供暖的落地暖炉。暖炉通明，一时间咖啡厅里明亮非常，宛如白昼。

漫天大雪被阻隔在塑料帘外，簌簌而落，非常美丽。大家一时都看呆了，竟比之前的婚礼会场还要漂亮。

唐桃走到正在摆放椅子的越七身边，说："赶紧去准备吧，我来弄吧。田说了，她可是想尽快嫁给你，一秒也不愿意等呢！"

越七的脸微微发红，本身他就不善言语，只能冲唐桃感激地点头。

不一会儿，常清带着从库房里翻出来的几盏花园灯，将舞台上的花束装点了一番，大家闹闹哄哄地落座，咖啡厅里的桌子都很小，有的就亲密地在沙发上挤在一起。

"司仪呢，准备好了，开始吧！"

"这地方多浪漫啊，这么好的点子怎么现在才拿出来？"

司仪重新上台，请上新郎，在管弦乐队演奏的结婚进行曲中，咖啡厅的门打开。只见月城田捧一束扎着蓝色丝缎的铃兰，着一身洁白恍若天使的婚纱，隔着老远冲越七恬静美好地笑。

旁边当伴娘的月城叶猛地红了眼圈。

"那是你姐姐，哭什么？"唐桃揶揄。

月城叶脸上一副不屑，眼泪还是汹涌地落下来。

简短的婚礼仪式后，越七和月城田招呼大家赶紧用餐，折腾了一晚上，宾客们早就饿坏了。

幸好之前准备的都是冷餐,不受场地影响,唐桃交代完事情,也加入了岚组的扫食大军。

"唐桃,听说柳原社要往法国发展,这些餐点都是你家的?不错啊,有手艺。"阿娜妮边夸边往嘴里塞甜虾小饼。

"法国那边刚找到人,团队还没建好,所以只能提供西点,其他的肉啊菜啊全外包了。"唐桃说,"他们的面包现烤出来最好吃,有空带你去尝。"

"我看行!对了,你表妹呢?我听说她现在要继承柳原家了,还想和她谈谈合作的事情。"

"还没到,应该还在路上。"

"我听说你去黎薇工作室实习了。"常清在身后说道。

"是,现在又出来单干了,一言难尽。"

难得老同学见面,有说不完的话,唐桃跟他们吐槽了黎薇工作室的见闻,还趁机分发了一下作为夏炽经纪人的名片:"以后有项目尽管找我,我们创业初期,来者不拒!"

常清算是唐桃的半个启蒙老师,虽然现在还在读研,但他一直对舞美有兴趣。他当即把名片收进口袋:"有机会找你合作。"

唐桃忽然想起婚礼前莫明雪找她有事。常清提点:"她在那儿呢,安慰叶。"

咖啡厅角落,月城叶拿纸巾狂擦鼻涕,莫明雪一脸嫌弃地坐在旁边,给她递纸。

"你至于吗?人家田结婚,又不是你结婚,越七几句话就把你感动成这样?没出息。"

"关姓越的什么事?我舍不得我姐!"

"你……"莫明雪恨不得自己动手,"你擦擦鼻涕,都快滴下来了!"

"喂。"唐桃走到莫明雪身边,"出去说?"

莫明雪看她一眼:"等她哭完。"

咖啡厅里十分热闹,外面的大堂却很安静。唐桃和莫明雪走到窗边,看见厚重的雪片像羽毛般飘落。

"你有话跟我说?"

"嗯。"莫明雪表情有些奇怪,"我下个月要回美国了,短期内不会再回来。"

"啊?这么突然?"

Chapter 11
婚礼 × 铃兰

"我爸身体不好,这些年我接管了不少公司里的事务,他可能看我做得不错,想让我总管莫氏珠宝的海外业务。"

唐桃说:"这是好事啊,你爸不是总找你碴吗?这是认可你了。"

"嗯。"莫明雪笑笑,神色有些落寞。

唐桃恨不得抽自己一嘴巴。莫大小姐人美能力强,还能因为什么其他事发愁啊?还不是陆长歌!

"他不跟你去?"

"他在公司发展得很好,公司开出条件,供他去美国读研究生,但前提是再干一年,把手上这个大项目做完。"

"一年还好吧?"

"我怕的不是这一年,我怕的……"莫明雪慢慢攥紧拳头,"他有男人的骄傲,经济方面的困难从来不和我说,美国学费很贵的,他一直半工半读,应该不会拒绝这次机会。不过是钱,我也能供他读书,哪怕他不愿意白要,毕业后还我都行,为什么拼命把我往外推?"她忽然转向唐桃,神色有些悲凉。

唐桃小心翼翼地说:"你多心了吧?"

"你不知道我多羡慕你和夏炽,虽然我看那小子不顺眼,但他对你是真好。"莫明雪摇头,"算了,别人的婚礼上,不说这些不开心的事。"

"你信我,别悲观,沟通很重要。"唐桃安慰。

莫明雪弹了她的额头一下,说:"好啦,进去吧。"

回到咖啡厅,大家还聚在一起聊天,阿娜妮说:"你跑哪儿去了?淳子刚到,到处找你呢。"

"她来了?我刚刚在外面,她人呢?"

"她去和田他们打招呼去了,这丫头现在也大了,看起来人模人样的。"同样顶着一张"丫头"脸的阿娜妮大言不惭,"你看看,这是他们给我们带的礼物。"

他们?

对了,当时通电话,淳子说的确实是"我们"堵在路上了。

唐桃一头雾水,轻轻翻过反扣在桌面上的相框。是一幅裱起来的简笔画,寥寥几笔线条,将唐桃的笑颜勾勒得栩栩如生。

一瞬间,心狂跳。

唐桃的手微微颤抖,连四周的音乐声也听不见了。

所有人都在看司仪的即兴表演,只有阿娜妮在看唐桃。她拍拍唐桃的肩膀,轻声说:"这么多年过去,他也有长进了。"

唐桃咬着嘴唇,一滴眼泪砸在手背上。

一双脚忽然停在她身边。

随后映入眼帘的,是那双熟悉又陌生、清澈又成熟的绿色眼眸。

还有那花一样面容的、玫瑰般的少年。

菊低下头看她,露齿微笑:"怎么样?画得不错吧?"

"嗯。"唐桃又哭又笑,比月城叶还没出息地吹出一个鼻涕泡,"就是画得我有点儿胖。"

"唉,真是年纪大了,一点儿也看不得这些感人的场面。"阿娜妮故作老成地直摇头,从沙发上蹦起来,"你们叙旧,我再去吃点儿东西。"

"你的头发长了。"唐桃目不转睛地看着他,"什么时候回国的?怎么不告诉我?"

"就回来几个月,办展览,我谁都没说。"

"你毕业了吗?学的什么?你现在画得真好啊!"

"唉,说来惭愧,我因为兰铃会的活动缺了太多课了,考试老过不了,下个月又要回去考试。"

"不会吧,你成绩一向很好啊。"

两个人你一句我一句,不知不觉已经聊了半个小时。红石一别后,唐桃对他几乎再无了解,错过的东西太多了,需要弥补的也太多了。

"你的戒指,很漂亮。"菊说。

唐桃的手下意识往后缩,愣了愣,又忍住了。她笑着说:"你的戒指也好看啊,兰铃会的?"

唐桃记得,告别那天他也戴着这枚戒指。

"可不。"菊扬起自己的左手,眨眨眼睛,"我打算为艺术奉献此生。"

"少吹了,这儿又没人监视你。"

"那可不一定,兰铃会的眼线到处都是,被抓住摸鱼很可怕的!"

唐桃"扑哧"一笑:"你还是没变。"

Chapter 11
婚礼 × 铃兰

菊的眼尾轻轻弯起，眼神无比柔和——在你面前，我从未变过。

不一会儿，淳子端来一大盘火腿和甜品，两杯鸡尾酒，往两个人中间一放，大声说："吃吧，看你们聊得那么投入，再不吃没了。"

"你和菊一起过来的？"唐桃问，"怎么不提前告诉我？"

淳子眼神一闪，就在那电光石火间，唐桃一震，诧异的目光在菊脸上划过。

菊埋头研究鸡尾酒上挂着的橄榄，说："我一向讨厌这个东西，你们有谁喜欢吃吗？"

唐桃睁大双眸，询问地注视着淳子。姐妹血脉相连，无须开口，唐桃已经从她眼中读到了自己想知道的东西。

求而不得的人。

不可言说的人。

今天，她终究把那人带来了。

"姐……"

唐桃摇头，伸手将她拉到自己身边，捏了捏她的手掌。

"菊，你几号走？"

"还没定，十几天后吧，展区那边还有事要处理。"

"我们约一天一起吃饭吧，你、我、淳子，还有夏炽。这么多年没见了，咱们好好聊聊，我也有话和你说。"

"没问题。"菊爽快答应。

"还有……"

"嗯？"

"你在国外的号码给我，我的新号码也给你，以后咱们别再躲着彼此了。阿娜妮之前跟我说，让我和你'一笑泯恩仇'，可我们哪有仇？我们从来都是天底下最亲近的人，以前是，以后也是，哪有需要斟酌、需要避讳的？"

她说得如此直白，菊和淳子一时都没接话。

"以后如果我想找你，就给你打电话，你也一样，行吗？"

菊慢慢放下手中的酒杯，眸中光芒流转，嘴角还未牵起，眉梢先浮上笑意。

两个人相视而笑。

淳子一颗怦怦直跳的心，也在他们的和解中落了地，终于喘上一口气。

大家又聊了一会儿,月城田和越七换了衣服出来,轮桌给大家敬酒。敬完酒,月城田撩起裙摆,利落地走上台,说:"刚才还有件事情忘了做,事先,我已经将我的捧花藏在十二楼的某处。"

话音未落,几个女孩子抢先发出欢呼,抢捧花代表着好运,是今晚婚礼的重头戏之一。

"我已经请酒店人员准备好手电筒,感兴趣的人可以去越七那儿领取,限时三十分钟,找到的人还有奖品哦。"月城田笑容满面,"我宣布,现在开始!"

"开始"的话音刚落,阿娜妮"嗖"地跳起来,从越七手中抢了手电就往楼梯口冲。唐桃笑坏了:"她这么着急啊?"

"争强好胜。"莫明雪说,"哪怕是颗土豆也要去抢。"

"我们也去吧。"唐桃两手分别拉着莫明雪和淳子,问越七要了三把手电,"我虽然不要捧花,奖品还是要的。"

"夏炽呢?还没来?"

"他快到了,我等他一会儿,你们先去吧。"

"走吧。"陆长歌走过来,想要拉莫明雪的手,被她面无表情地一把甩开。

陆长歌叹了口气。

"行了,你们都去吧,战场无朋友,我一会儿可不会让着你们。"唐桃神秘地说,"半小时后见。"

淳子和菊第一批出发。气喘吁吁地爬到十二楼,原本举办宴会的大厅空着,走廊漆黑又空旷,先到达的人散落在楼层的各个角落,一时竟没有声音。

"我们去那儿看看吧。"淳子指着窗边的一条小径。

"好。"菊答应。

两个人肩并着肩,一高一矮,沿着巨大的玻璃窗往深处走。

"冬天了。"淳子说。

"是啊,今年的冬天来得格外早,也很冷,我都有点儿想逃回英国'避冬'了。虽然那儿也很冷。"

"你想家吗?"

"想啊,不过不太敢回去,我父母都是很严厉的人,留级的事情他们等着跟我算账呢。"菊摇摇头,"不说我了,Chloe回法国了?"

Chapter 11
婚礼 × 铃兰

"嗯。那天之后她再没跟我联系，几天后，我收到她寄来的合同。我没为她做过什么事情，想来，是她成全了柳原家。"

菊说："你和Chloe其实挺像的。"

"哪方面？"

"固执的方面，聪明的方面。"

淳子微微一讪。

菊抬起手臂，指尖拂过走廊上花瓶里新鲜的玫瑰，让他的手指微微发凉。

他抽回手："你想要那捧花？"

"嗯，还记得吗？你当年离开的时候送我的也是铃兰。"

菊笑了："走得匆忙，去门口的花店看了看，觉得铃兰最衬你。"

"自那之后，铃兰就是我最爱的花。"

手电孤独的光束里，只有两个人的脚步声交替回荡着。菊驻足，回过头看她："淳子，我……"

"你什么都不用说，你想说什么我都明白，我的回答也是一样的。别躲着我，别排斥我，至于其他……那是我的事。"

菊的眼中有不忍，仿佛在看一只一心钻入囚笼的小鸟。撕心裂肺的痛楚他体会过，痛彻心扉的挣扎他经历过，哪怕一切千帆过尽，已经能一笑置之，他现在内心的灰烬，依旧厚厚地将真心掩埋。

这样的痛苦，他不希望她去经历。

这样聪明活泼的女孩子，值得更好更幸福的人生。

面对他的沉默，淳子的心像在漆黑的大海中沉浮。借着手电的光亮，她伸手摘下一片玫瑰的花瓣，用力压进掌心，感觉那冰凉的温度逐渐被自己焐暖。

"捧花就留给更需要的人吧。"淳子将手掌伸到他眼前，摊开，"现在，这个就足够了。"

一楼大堂。

电力还在抢修，漫天的寒气通过玻璃透进来，没有暖气的大堂有些寒冷。唐桃独自坐在沙发上，裹着一条毯子等夏炽，两个人刚通过电话，应该马上就到。

大厅的侧门被推开，黑暗中传来急促的脚步声。唐桃立刻站起来，毯子落在地上，那人影快步走上前，一把握住她的手。

"怎么手这么冷？电还没来吗？"

熟悉的香水味萦绕在鼻尖，唐桃躁乱的心一瞬间安宁。她摇头，接过他落满雪花的外套，抖了抖："里面暖和，外套就别穿了，雪化一身。"

"雪停了。"夏炽说，"前面的路不好开，我徒步走了一段，方才雪已经停了，你没发觉外面亮了很多？"

还真是，大雪过后，月光慢慢从云层后破出一隙，在厚厚的雪层上一照，将彼此的脸映得明亮起来。

夏炽一手拿着外套和送给越七夫妇的礼物，另一只手牵着唐桃："先进去吧。"

"他们都去找捧花了，不知道还在不在里面。"

"你怎么不去？"

"我想等你一起去。"

咖啡厅果然一个人也没有，不抢捧花的宾客都凑去看热闹了。夏炽放下东西，在沙发上坐下，唐桃替他端来一杯热饮和一些小食，让他填填肚子。

"寻宝游戏吗？很有真夜老师的遗风。"

"我也是这么想的。"唐桃眼珠子转了转，忽然凑到夏炽耳边嘀咕几句。

夏炽挑眉："陆长歌？"

"对，他半个月前和我商量的，田也同意了。"

"你在别人的事情上花那么多心思，不如多想想我。"

唐桃笑着捶他。

温暖的咖啡厅里，只有两个人和一支乐队，小提琴手敬业地拉着舒缓的曲子，暖炉里的火苗噼啪作响。夏炽心中一动，走过去和小提琴手低语几句，小提琴手琴弦一转，拉起一支舞曲。

夏炽扯松领结，俯下身，将手伸给唐桃。

"和我跳支舞吧，唐小姐。"

莫明雪和陆长歌最后才到达十二楼。

陆长歌举着手电走在前面，莫明雪跟在后面。

已经有人找到了捧花，走廊深处一阵骚动，不久后，又传来女生的哀号："这不是田拿的铃兰，这是百合！"

莫明雪恍若未闻，梦游般跟在后面，眼睛盯着窗外。

Chapter 11
婚礼 × 铃兰

陆长歌的脚步停下，他转身，镜片下的双眼灼灼地看她，冷冰冰地问："你到底在生什么气？"

"我没生气。"

"这几天你一直不理我，你打算永远这样？"陆长歌沉重地叹息，靠近，拉住她的手，"我承认我最近忙，没怎么顾得上你，可今天我来了，你又不和我说话。"

陆长歌个性高傲又冷淡，这是他能做的最柔软的让步。莫明雪手凉极了，心不知道飘在哪里，眼睛里空空的。

陆长歌这才发觉不对。他为了空出参加婚礼的时间，日夜颠倒加了五天班，确实没感觉到女友的变化。

莫大小姐，不是爱闹小脾气的人。

陆长歌听见她问："我们在一起多久了？"

"七八个月吧，没到一年。"

"对，将近八个月，实话实说，你对我还算不错。我的要求你基本能满足，我说的话你也会听。比起在美国的时候，我确实感觉和你近了些。"

"我不明白。"陆长歌摇头。

莫明雪深吸口气："陆长歌，我们有未来吗？"

握着她胳膊的手一震。

莫明雪努力把心底那股酸涩压下去，将那些早已斟酌很多遍的理由翻出来："高中的时候，你出现在我身边，我们经历了那么多事情，我开始慢慢地舍不得你，也慢慢喜欢上了你。大学四年，我们周围都出现过很好的人，你不说，我也不说，你不主动，我也不主动。这么提心吊胆地熬到快毕业，你终于对我开口，说你喜欢我。"

讲到这里，莫明雪深深吐出一口气，将头慢慢仰向从云里透出的月光中。

月光中，她一贯骄傲的脸显得有些脆弱。

"说穿了，我们都是自以为是的人，我不会因为你而放弃我的工作，你也不会为我放弃前程。我们很像，所以互相吸引，可看了唐桃和夏炽、田和越七，我明白了，我无法为你做出更多的牺牲，也就是说，我不够喜欢你。"

眼眶涨到发痛，莫明雪攥紧拳头，努力不让眼泪流出来。

"唐桃和我说，沟通很重要。可我们认识这么久，我并没有真的懂你，你于我也一样。"

悄无声息。

没挽留,没反驳,没说话。

莫明雪紧闭双眼,僵硬地站在原地,等了很久很久,久到她以为他已经走了。

连句告别也没有?

好吧,大家都不是矫情的人,走也走得潇洒,符合两个人一贯作风。

两道长长的泪水从脸颊滑落,莫明雪转过身,这才看见站在身后的男人。

月亮不知什么时候钻出了云层,水一般的月光,洗涤着逸云酒店十二层的走廊。

陆长歌脸色平静又从容。他手里捧着一束白色的铃兰,束着蓝丝带,长时间揣在怀里,花瓣有些皱了。

"这……你从哪儿找到的?"

"一开始就在我这儿,唐桃和月城田商量好的。"

莫明雪注视着月光下如同在发光的小花,无法再掩饰心情,眼泪簌簌而下。

象征幸福的捧花,确实非常美丽。

一根手指擦去她的眼泪,陆长歌向前走几步,神情比之前还要温柔几分。

"傻丫头,我不跟你去美国,你就要和我冷战?"

她一抹眼泪:"不是这个问题。"

"那我问你,如果哪天我身患疾病,要去异国他乡疗养,你也会因为工作抛弃我,不管我?"

"当然不会!我……这是两码事。"

陆长歌长叹口气,像面对一个无知的孩子那样无奈,长吁短叹了许久,才将那束铃兰塞进她怀里。

莫明雪的手指碰到一个比花瓣还凉的东西。

铃兰后面绑了一把钥匙。

"你说得没错,我是个骄傲的人,我家里的事情你都知道,我的尊严不允许我一无所有。这些年在美国,除了读书,我也不是什么都没做。"他的目光落向那把钥匙,眼神平静,"这套房是我三年前买的,就在莫氏珠宝×市办事处的街对面,地段不错,小区绿化也好,贷款还没还完。房子一百多平方米,不算大,但离你的公司近,方便回来休息。"

莫明雪抚摸着那把钥匙:"三年前?"

"我必须要认可自己,相信自己,我陆长歌是有能力保护你、陪伴你的。我以为,无论身在何处,你也都是理解我、相信我的。"说到这里,他眼中掠过一丝失

Chapter 11
婚礼 × 铃兰

望,"没想到啊……"

莫明雪猛地一震:"我不是这个意思!"

"给你这把钥匙,也是给你一个承诺。"陆长歌紧盯着她的双眼,缓缓道,"我对你的心,你当真不清楚?"

莫明雪手里沉甸甸的。

原来他一直在做出妥协和努力,只是自己被猜疑蒙蔽,没看到。

忽然,眼前大亮,姗姗来迟的灯光点亮了整座酒店,电力终于恢复了。

整个十二层爆发出欢呼,大家拥向大厅,也不管什么捧花不捧花了。

莫明雪一张脸红得像喜帖,攥着花,埋着头。

"你……冷静一点儿,一会儿被唐桃看出来。"陆长歌说。

"你不是也脸红了?"

"我是被冻的。"

"拉倒吧。"

明亮的走廊里,两个人手拉着手,朝电梯口走去。

Chapter *12*
尾声

喜宴结束后。

某天，唐桃和夏炽一起去商业中心租工作室。

两个人创业初期，资金有限，能负担的办公室要么太小，要么就是地段太偏人迹罕至。两个人商量了许久，将目光投向次商业区的商务楼，最后相中一栋五层楼的顶层，附赠一个很大的露台，站在露台上能看见城市中央的车水马龙。

设施、装修都有些老，唐桃一肩挑起所有琐事，半个月下来和装修工人打成一片，还从他们那里学到了不少施工知识。

眼看工作室一点点落成，仿佛看见襁褓中的孩子逐渐成长，心里说不出地充实。

两个月后，工作室竣工。

沙发和家具都是从北欧采购的款式，大方简洁，上面的塑封还没拆开。唐桃起了个大早，赶在日出之前来到工作室，进行最后的整理。

推开窗，朝阳从高楼间溢出光芒，卖早点的商贩骑车路过，人声渐起，楼外的草坪刚修剪过，好闻的青草香溢满鼻尖，令人精神振奋。

唐桃两只手放在窗沿上，闭上双眼，深呼吸。

她的书包里有两个黄铜的桌牌，一个是她的，另一个是夏炽的。

公司总策划，公司总经理。

一切都是光洁的、崭新的、明亮的。

一如他们的未来。

——全文完——